Siegfried Graf von Pückler-Limpurg

Martin Schaffner

Siegfried Graf von Pückler-Limpurg

Martin Schaffner

ISBN/EAN: 9783744613828

Hergestellt in Europa, USA, Kanada, Australien, Japan

Cover: Foto ©Raphael Reischuk / pixelio.de

Weitere Bücher finden Sie auf **www.hansebooks.com**

STUDIEN

ZUR

DEUTSCHEN KUNSTGESCHICHTE

MARTIN SCHAFFNER

VON

SIEGFRIED GRAF PÜCKLER-LIMPURG.

MIT 11 ABBILDUNGEN.

STRASSBURG

J. H. ED. HEITZ (HEITZ & MÜNDEL)

1899.

Von den **Studien zur Deutschen Kunstgeschichte** sind bis jetzt erschienen:

STUDIEN ZUR DEUTSCHEN KUNSTGESCHICHTE
20. HEFT.

MARTIN SCHAFFNER

VON

SIEGFRIED GRAF PÜCKLER-LIMPURG.

MIT 11 ABBILDUNGEN.

STRASSBURG
J. H. ED. HEITZ (HEITZ & MÜNDEL)
1899.

Eine Biographie Martin Schaffners im eigentlichen Sinne zu schreiben, ist bei dem heute noch vorhandenen Material unmöglich. Weder Geburts- noch Sterbejahr lassen sich nachweisen; einige dürftige Notizen in Ulmer Urkunden berichten uns nicht viel mehr als seine Existenz. Etwas mehr sagen uns die Chroniken der Reichsabtei Wettenhausen, da sie vom Künstler im Zusammenhang mit seinen Werken reden. Zwar sind sie mit Vorsicht aufzunehmen, da die früheste erst im Jahre 1688 entstanden; allein ihre Verfasser, P. Franz Petrus und P. Gall, beide Conventualen der Abtei, waren fleissige Urkundenforscher, die ihre Angaben sicher aus heute nicht mehr vorhandenen Klosterakten schöpften. Im Zusammenhalt mit noch erhaltenen Werken geben sie uns manchen dankenswerten Aufschluss.

Sonst scheinen sich Schriftsteller früherer Zeiten nicht um Schaffner gekümmert zu haben. Sein Name, einst hochgerühmt in schwäbischen Landen — Franz Petrus nennt ihn: suo tempore celeberrimus — geriet bald gänzlich in Vergessenheit, und als Anfang unseres Jahrhunderts seine Bilder in öffentliche Gallerien kamen, wurde sein Monogramm auf „Martin Schongauer" gedeutet. Ulmer Lokalschriftsteller waren die ersten, die wieder auf den Maler hinwiesen. Einer von diesen, der um die Ulmer Lokalforschung hochverdiente Prälat Schmid, stellte aus den Archiven der Stadt und des Wengenklosters eine Reihe von Daten zusammen, welche dann von Brulliot im „Kunstblatt" vom 8. August 1822, p. 249 ff., veröffentlicht wurden. Auf diese Zusammenstellung sind wir noch heute angewiesen. Eine Nachprüfung ist schwer möglich, da über das Ulmer Archiv seit Schmid's Zeiten manche Stürme hingegangen sind, und vieles nicht mehr vorhanden ist, was damals noch existierte. Besonders sind die hochwichtigen

Akten der Lukas-Konfraternität bei dem Wengen vollständig verloren. So bleiben die Werke des Meisters die einzige sichere Quelle.

Datierte Bilder Schaffner's stehen uns in reichem Masse zur
Verfügung. Von einer später noch zu besprechenden Jugend-
arbeit abgesehen, lässt sich seine Thätigkeit von 1508 bis 1524,
dann wieder von 1529 bis 1535 in ununterbrochenem Zuge verfolgen: nur zwischen 1524 und 1529 zeigt sich eine nicht aus-
füllbare Lücke. Gezeichnete Bilder finden sich nicht in gleicher
Häufigkeit, jedoch gleichfalls aus allen Perioden. Die Art der
Zeichnung wechselt. Die früheste ist der volle Name „Martinus
Schaffner" auf dem Porträt des Wolfgang Oettingen von 1508,
sowie die nebeneinandergesetzten Buchstaben M S M Z V. auf der
undatierten, ebenfalls sehr frühen Anbetung der Könige. Im Jahre
1514 findet sich auf dem Epitaph Anwyl der volle Name und
darunter das Monogramm. Von da an bleibt letzteres die alleinige
Form; es steht auf Bildern aus den Jahren 1515 (2 mal), 1516,
1517 (3 mal), 1521 (2 mal), 1524 (2 mal) 1532, 1535. Das
Monogramm besteht aus M und S, das S zwischen die Mittel-
balken des M. geschlungen. (Eitel Besserer, 1516.)

(Ausgiessung des heiligen Geistes 1524.) Eine andere Gestalt
des Monogramms, auf einer heiligen Familie in Wien, (kunsthistorische Sammlung) Nr. 1478, bei der sich das S um den letzten
Balken des M schlingt, ist eine Fälschung, ebenso das beigesetzte
Datum 1490. [1]

Der Kunstcharakter Schaffner's ist im allgemeinen, trotz
mancher Wandlungen, ein ziemlich konstanter. Schon seine ersten
selbständigen Arbeiten gehören ganz der von Dürer und Burgkmair
eingeleiteten Frührenaissance-Richtung an, und auf demselben
Boden stehen noch, mit geringen Unterschieden, seine letzten
Werke. Dementsprechend liebt er phantastische, meist konstruktiv
unmögliche Renaissancearchitektur, mit vielen Durchblicken, starken

---

[1] Vgl. Führer der genannten Sammlung, von 1896, Bd. II.

Profilierungen, reich ornamentierten Friesen und Lünetten. Abgesehen von einem Jugendwerke kehren glatte rotbraune Säulen mit wenig gegliederten grauen Phantasiekapitellen stets wieder; charakteristisch ist dabei, dass im Verhältnis zum Schafte die Basis in zu starker Uebersicht, das Kapitell in zu starker Vordersicht genommen ist. Der Typus der Menschen, die diese Gebäude bevölkern, hat noch mehr als die Umgebung von der früheren Zeit bewahrt. Die Männer mit ihren runden, faltigen Gesichtern, derben Nasen, zerzausten Haaren und struppigen Bärten entsprechen noch eher der Zeitrichtung, bei den Frauen dagegen erinnern längsovale Köpfe, gerade Profillinien, hohe Stirnen und kleiner Mund ganz an die Ueberlieferung der älteren Schule. Die Hände sind breit und fleischig, die Finger kurz und dick, die Gelenke durch Einziehungen markiert. Die Zeichnung des nackten Körpers ist leidlich richtig, jedoch ohne eingehende Kenntnis der Anatomie. Die einzelnen Körperteile sind oft mit scharfen braunen Konturen umzogen. Die Haare sind manchmal einzeln gezeichnet, häufiger in breiten Strähnen behandelt, noch nie als Ganzes aufgefasst. Besondere Beachtung verdienen die Bildnisse; sie zeichnen sich durch feine Beobachtung kleiner Einzelheiten und durch grosse Weichheit und Rundung aus. Zu den individuellen Gesichtern stehen die schablonenhaften Hände meist in grellem Widerspruch. Das Inkarnat ist bleich, bei den Männern oft fahlbräunlich, bei den Frauen manchmal mattrötlich.

Grosser Wert ist stets auf die Gewänder gelegt. Der Faltenwurf ist, nach damaligem Geschmack, ungemein reich und kompliziert, scharfe Brüche sind sorgfältig vermieden. Die Farben sind prunkvoll und leuchtend; Purpurrot, Tiefgrün, Blaugrün und Brokate kehren, namentlich bei den Frauen, oft wieder, bei den Männern auch Graulila. Die Muster der Brokate und Teppiche, gestickte Säume, Pelzwerk und Schmucksachen sind mit grosser Sorgfalt ausgeführt. Das alles verleiht den Bildern nicht selten ein festliches Gepränge

Die Landschaften stellen meist waldige Hügelgegenden dar, oft von fernen Alpenketten begrenzt. Fast regelmässig ist die Staffage eine Burg in spätgothischem Stile, mitunter mit Renaissanceformen ausgeschmückt. Der Baumschlag ist, namentlich in späterer Zeit, sehr eingehend behandelt, die Zeichnung aus zahl-

reichen kleinen gerundeten Linien und Punktreihen zusammenge-
setzt. Ein oft verwendetes Motiv ist ein grosser, alter wetterzer-
zauster Baum ganz im Vordergrunde. Die Färbung gewinnt mit
zunehmendem Alter an Tiefe und Klarheit, das Grau und Graugrün verliert sich, das Blaugrün und Blau wird intensiver.
Ueber das Kolorit im allgemeinen, sofern hier von einem
solchen die Rede sein kann, lässt sich nichts zusammenfassendes
sagen; es wechselt in den einzelnen Perioden. Zur Gesamtcharak-
teristik kann es nicht herangezogen werden.

Zum ersten Male begegnen wir dem Namen Martin Schaffner
im Jahre 1496, auf einer Kreuzschleppung im Museum zu Sigmaringen. Das Bild befindet sich auf den geschlossenen Aussenflügeln eines Wandelaltares, der aus der Kirche des schwäbischen
Dorfes Ennetach stammt und das einzige gezeichnete Werk des
Ulmer Malers Jörg Stocker ist; Zeichnung und Datierung befinden
sich auf einem Fragmente des zerstörten Mittelschreines. Bei der
Wichtigkeit dieses Meisters für die vorliegende Frage soll später
in einem eigenen Kapitel von ihm die Rede sein, hier nur, soweit Schaffner mit ihm in Zusammenhang steht. Die Kreuzschleppung ist eine Nachahmung des Schongauer'schen Stiches
B. 21. Auf dem linken Flügel liegt Christus, unter dem Kreuz
zusammengebrochen, umringt von Schergen, die ihn zerren und
schlagen; dahinter Pilatus zu Pferde und ein Geharnischter zu
Fuss. Links davon bewegt sich der Zug mit den Schächern vom
Beschauer weg, gerade ins Bild hinein. Auf dem rechten Flügel
ist das Ende des Kreuzesstammes mit der bekannten Figur des
Schergen, der mit dem Strick schlägt. Neben ihm steht eine
Gruppe von Pharisäern und Priestern, unter diesen, teilnahmlos
aus dem Bilde herausschauend, ein Mann in Pelzschaube und
Barett, eine Rolle in der Hand: offenbar der Stifter des Altares.
Noch weiter rechts die heiligen Frauen, von denen Veronika das
Schweisstuch zeigt; im Hintergrund die Mauern und Thore Jeru-
salems.

Auf dem Mantelsaum Christi steht in gothischer Majuskel eine
Inschrift, Stellen aus dem Evangelium Lukas und weiter die
Worte: Martin Schaffner M. Man hat die Inschrift angezweifelt,
allein die Schriftcharaktere sind so echt und scheinen so sehr aus
einem Guss mit der Umgebung, stimmen übrigens mit denen auf

dem Stockers Zeichnung enthaltenden Holzstreifen, so überein, dass ein Zweifel an ihrer Echtheit wohl nicht zulässig ist.[1] Ebenso unzulässig ist es jedoch, auf Grund dieser Inschrift das Bild oder gar das ganze Altarwerk dem Schaffner zuzuschreiben. Zunächst zeigt das Bild weitgehende Verschiedenheiten gegenüber den Innenseiten; allein auch das Bild selbst weist auf drei verschiedene Hände. Von dem Maler der Mittelbilder, also Jörg Stocker selbst, ist lediglich das Stifterporträt. Die zweite Hand ist die eines älteren Gesellen; seine Gestalten sind flach und ausdruckslos, aber richtig gezeichnet und nicht ohne Anmut; die Bärte sind mit Reihen paralleler Strichlagen kleinlich aufgelichtet. Von dieser Hand ist der rechte Flügel, und auf dem linken Pilatus und der Geharnischte. Der Rest dieses Flügels ist die Arbeit eines völlig ungeübten Anfängers. Alle Figuren sind karrikaturenhaft verzeichnet, die Gesichter en face oder im vollen Profil, die Farben regellos hingeschmiert; der Christustyp ist von dem auf dem Schweisstuche durchaus verschieden. Auf dieser Partie steht der Name Schaffners.

Schaffner war also um jene Zeit in der Werkstatt Stockers thätig, und zwar, wie aus allem deutlich hervorgeht, als Lehrling. Nehmen wir noch an, wozu wir nach der Qualität der Arbeit, wie nach dem Brauch der Zeit berechtigt sind, dass er um diese Zeit etwa 16 Jahre alt war, so würde sein Geburtsdatum ungefähr in das Jahr 1480 fallen, eine Vermutung, die zu allem sonst von ihm bekannten recht gut stimmen würde. Seine Wander- und Gesellenzeit muss dann in den Anfang des 16. Jahrhunderts gesetzt werden; was sich auch aus anderen Gründen notwendig ergiebt; im Jahre 1508 erscheint er zuerst in den Bürgerbüchern von Ulm,[2] was wieder zum Alter von nicht ganz 30 Jahren passt.

Viel hat Schaffner aus der Werkstatt seines Lehrers nicht ins Leben mitgenommen. Das bleiche Inkarnat, allenfalls noch die lackartigen harten Farben seiner Frühwerke und die seltsame

---

[1] Eine technische Untersuchung hat noch nicht stattgefunden, ein definitives Resultat wird erst die für die nächste Zeit in Aussicht gestellte Restauration des Bildes bringen.

[1] Vgl. Brulliot a. a. O.

Mischung von Steifheit und Weichheit in seinen ersten Bildnissen
— mehr verwandtes lässt sich bei ihm nicht finden. Die nach-
haltigen, seine ganze Richtung bestimmenden Eindrücke empfing
er von einem anderen Meister.

Erst nach einer Spanne von 10 Jahren begegnen wir dem
nächsten Werke Schaffners: die Anbetung der drei Könige im
germanischen Museum zu Nürnberg. Maria, noch in 'Anlehnung
an die konventionelle Tracht der älteren Ulmer Schule (Zeitblom,
Stocker, Meister von Sigmaringen) in Brokatkleid und blaugrünem
Mantel, sitzt vor einer grauen Renaissance-Ruine, das — ziemlich
verzeichnete — Kind auf dem Schoss. Links von ihr kniet ein
Greis, in dunkelrotem Hermelinmantel, neben diesem steht der
Moor, in Brokat-Wams, blaugrünen Beinkleidern und weissem
blaugrün karriertem Ueberwurf; der dritte König in dunkelgrüner
Tracht, steigt von rechts einige Stufen herauf. Im Hintergrunde
sieht man Oechslein und Eselein, St. Josef tritt aus einem Thorbogen hervor. Nach links öffnet sich, über einige niedrige Dächer
weg, der Ausblick in die Strasse einer Stadt und auf ferne Berge.
Der Gesamtton des Bildes ist sehr hell, die Farben von email-
artiger Härte, die Landschaft grau und verschwommen. Die
Perspektive über die Dächer weg zu der Strasse ist völlig miss-
lungen, indem erstere in viel zu starker Vordersicht genommen
sind. — Das einzige Beispiel einer Verzeichnung in Schaffners
Landschaften!

Man erkennt sofort, dass der Maler in der Zwischenzeit eine
grosse Wandlung durchgemacht. Ein glückliches Schicksal hat
in dieselbe Gallerie das Werk geführt, das uns sofort die
volle Erklärung dafür liefert: die Heiligen Konstantin und Sebastian von Burgkmair aus dem Jahre 1505. Schon der erste Blick
zeigt die Uebereinstimmung der Architektur: dasselbe Grau, dieselben Pilaster und Gesimse, dieselbe Art, die Ornamente mit
weisslich gelber Farbe ziemlich breit und wenig gezeichnet aufzu-
setzen. Aber auch die Gewandbehandlung ist eine ganz verwandte, selbst den hellen Gesamtton finden wir auf diesem Bilde,
sowie dem gleichzeitigen der heilige Christoforus und Veit wieder. Suchen wir noch weiter, so sehen wir ähnliche Pilaster in
der halbgothischen Architektur auf Burgkmair's Krönung Maria von
1507; das Allerheiligen-Schema auf den Flügeln hiezu ist auf

einem späteren Altarwerke Schaffners wiederholt. Selbst die
bald darauf auftauchenden roten Säulen scheinen eine Reminis-
zenz an den Augsburger Meister zu sein, wenn sich hier auch
kein genaues Vorbild nachweisen lässt. Nur die ziemlich flächen-
haft behandelten Köpfe haben mit den scharfgeschnittenen Gesichtern Burgkmair's nichts zu thun, auch das weisse, mit hartem
Blau modellierte Inkarnat weicht von dessen warmbräunlichem
Fleischton weit ab. Beides scheint noch ein Erbteil der Stocker-
werkstatt zu sein.

Kein Zweifel also, Schaffner war auf seiner Wanderschaft
lange Zeit in Augsburg, vielleicht sogar in der Werkstatt des
grossen Bahnbrechers selbst. Vieles hat er von dort mitgebracht,
aber nicht alles; für ein Element in dem Dreikönigsbilde ist keine
Analogie bei Burgkmair nachzuweisen: für die feine Beobachtung
und Wiedergabe des Sonnenlichts, das in den Bögen und Sparren
des Gemäuers spielt, und dem sonst recht langweiligen Bilde un-
läugbar einen gewissen Reiz verleiht. In dem Masse, wie es hier
auftritt, ist es Schaffners eigenste Errungenschaft. Allein woher
er die Anregung erhalten, lässt sich leicht bestimmen, seitdem
sich die gewaltige Gestalt Hans Mueltschers unseren Augen wieder
enthüllt hat. Jetzt ist freilich in Ulm nur noch ein Werk des
Meisters zu finden, die grosse, stark übermalte Dreieinigkeit in
der Sakristei des Münsters, die in ihrer herben Grossartigkeit
nichts mit Schaffner gemein hat. Aber wir wissen sicher, dass
unter den zahlreichen Altären, die dem verheerenden Bildersturme
des Jahres 1531 zum Opfer fielen, jedenfalls einer von seiner
Hand war, der Karg-Altar von 1437. Für unsere Frage sagt uns
jedenfalls der Sterzinger Altar von 1457 genug; da ist schon jene
Beobachtung von Licht und Schatten, jene Darstellung der Tages-
helle in lauschigen Innenräumen, jenes Interesse für die Beleuchtung
und ihre Stimmungswerte, wie es in Deutschland erst am Anfang
des 16. Jahrhunderts allgemeiner wird, und erst bei den Niederländern des 17. Jahrhunderts seine letzte Vollendung erlangte.
Das ist das Vorbild, dessen Bahnen Schaffner weiter verfolgte.
Und wie mächtig der Eindruck war, den er hier empfangen, das
sieht man daraus, dass er selbst die Typik des alten Meisters
nachahmte. Auf dem Sterzinger Tod der Maria sind die Vorbilder jener Apostelköpfe, die Schaffner sein Leben lang wieder-

holte, selbst dann noch, als er schon längst unter dem Banne anderer Riesen stand. [1]

Als Schaffner's Thätigkeit begann, lag Mueltscher schon längst unter dem kühlen Rasen. Viele Nachwirkungen seines Schaffens sind in der Ulmer Kunst nicht zu verspüren; der folgenden Generation, mit ihrem zippen und kleinlich-schüchternen Empfinden war die eigenartige Grösse dieses Mannes zuwider. Erst der Enkel, das Kind der kraftbewussten Renaissance, begriff ihn wieder, und fühlte sich mächtig zu ihm hingezogen. Eines freilich konnte er nicht von ihm lernen: die starke selbständige Persönlichkeit.

Was zur Charakteristik des Dreikönigbildes gesagt ist, kann für alle Jugendwerke Schaffner's gelten. Als Entstehungszeit für dasselbe ergeben sich aus dem Umstande, dass es nach dem heiligen Sebastian und Konstantin, jedoch noch vor dem Wolfgang Oettingen gemalt sein muss, die Jahre 1505—1508. Eine alte Kopie befindet sich in der Kirche des Klosters Heiligkreuzthal bei Riedlingen, die auf dem Barokrahmen angebrachte Jahreszahl 1616 wird wohl auch das Datum der Kopie sein; sie erinnert in der Behandlung des Goldes an den Augsburger Dürer-Kopisten Johann Georg Fischer (1580—1643). In demselben Rahmen ist aber noch ein predellenartiger Streifen eingefügt, der von der eigenen Hand des Meisters ist. Er stellt in Grisaille vier Putten dar, von denen je zwei eine Inschrifttafel halten; dazwischen drei Wappen, in Farbe ausgeführt; auf den Tafeln ist, in spätgothischer Minuskel, eine lateinische Elegie auf das Erscheinen der Könige zu lesen. Es scheint also das Bild ursprünglich hier gewesen, aber schon frühzeitig verkauft worden zu sein. Seine weiteren Schicksale bis zur Aufnahme in die Wallenstein-Sammlung lassen sich nicht mehr verfolgen.

Im Jahre 1508 erscheint der Name im Ulmer Bürgerbuche; es scheint das Jahr seiner Selbständigmachung zu sein. Aus demselben Jahre ist das Porträt des Wolfgang Oettingen in der alten Pinakothek zu München, und das undatierte Bildnis auf der Burg zu Nürnberg. Die beiden Köpfe sind sich so ähnlich, dass man

---

[1] Ueber Hans Mueltscher vgl. F. von Rebers Sonderabdruck aus den Sitzungsberichten der philos.-philol. und hist. Classe der k. b. Akademie d. Wiss. 1898. Bd. II. S. 1.

sie fast für Repliken halten möchte. Es ist noch das Stadium, wo die Natur Zug um Zug abgeschrieben, nicht der individuelle Charakter erfasst wird. Bei beiden ist das Inkarnat weiss, etwas mit rötlichen Tönen belebt, die Schatten sind blau, in den tiefsten Stellen russig grau-schwarz. Die Gründe sind blaugrün. Auf dem Münchener Bilde steht ein Vers der schliesst: Martinus Schaffner mira depinxerat arte. Ein etwas seltsames Wort für einen Anfänger, allein leicht begreiflich, wenn man bedenkt, dass er als erster Ulm mit der neuen Richtung der Kunst vertraut machte. Vergleicht man das Epitaph des Heinrich Neythardt, das sein Lehrer Jörg Stocker im Jahre 1509 gemalt hat, so kann man dem Selbstlob eine gewisse Berechtigung nicht absprechen.

1510 soll Schaffner von der Marnerbrüderschaft 50 fl. empfangen haben „für das Gewölblein ob des Franziskenaltars bey den Barfüssern und solicher gemalter Tafel trüff zu fassen." [1] Die Tafel soll von Daniel Mauch geschnitzt gewesen sein. Die Richtigkeit vorausgesetzt, bleibt es sehr zweifelhaft, ob hier von einem Gemälde, oder der Fassung einer Skulptur, vielleicht einer Restauration die Rede ist. Mit einem erhaltenen Werke lässt sich das nicht in Zusammenhang bringen.

In demselben Jahre beginnt eine Arbeit, deren Vollendung sich durch ein Jahrzehnt hinzog; ein Cyklus von neutestamentlichen Scenen, der sich in der Deutschordenskirche zu Ulm befand und dem stets wiederkehrenden Wappen zufolge eine Stiftung der Patrizierfamilie Schäler war. Vier der Bilder kamen aus der Sammlung Hassler in die Altertümersammlung in Stuttgart; ob noch mehr vorhanden waren, lässt sich nicht mehr entscheiden.

Das Datum 1510 trägt die Herabkunft des heiligen Geistes, die sich in einer hohen Renaissancehalle abspielt. Hier begegnen uns zum ersten Male die faltigen, struppigen Apostelköpfe, zum ersten Male auch die braunroten Säulen mit seltsamen, aus einem Ornamentbande und zwei Wulsten bestehenden Kapitellen. Auch hier herrschen noch die hartblauen Schatten im Inkarnat vor. Hinter der Halle liegen zwei ummauerte Höfe im grellen, heissen Sonnenlichte, während in den gedämpften Vorderraum nur ein-

---

[1] Brulliot a. a. O. Die Herkunft ist dort nicht angegeben, die ganze Nachricht scheint mehr als fraglich.

zelne Strahlen fallen; auch rechts hinten blickt man durch eine
Thüre in einen hellen Nebenraum, im Gegensatz zu der davor-
liegenden dunklen Ecke. Das Kolorit wird durch die grauen
Töne sowie das rot und braun in den Säulen und in Gewändern
beherrscht. Oben schwebt die Taube, in einem gelben rotum-
säumten Lichtkranze.

Mit diesem Bilde schliesst die eigentliche Jugendepoche.
Vieles ist hier noch ungeklärt, noch schülerhaft; manche Anfänge
zeigen sich, die sich bald zur schönsten Blüte entfalten, so vor
allem das Bildnis. Aber auch manche hier geweckte Hoffnung
bleibt unerfüllt. So viel Licht und Sonne hat Schaffner sein Leben
lang nicht mehr gemalt. Jedoch der Gesamtcharakter seiner Kunst
tritt hier schon deutlich hervor, zumal im Vergleich mit älteren
Meistern, besonders Zeitblom und dessen Richtung. Die allge-
meine Tendenz der Wandlung geht dahin, gegenüber den mageren,
knochigen und eckigen Körperformen der früheren, den mensch-
lichen Körper gerundeter und fleischiger zu bilden. Der schmale
scharfe Nasenrücken wird breiter und gewölbter, die harten Be-
grenzungslinien der Lippen verwischen sich, Nasenwurzel und
Augenbogen stossen nicht mehr in einem markierten Eck anein-
ander, sondern der Uebergang ist durch kleine Falten und Wellen-
linien vermittelt. Besonders auffallend ist die Verschiedenheit der
Hände. Während Zeitblom dieselben lang und schmal bildet,
und die Knöchel besonders stark betont, (ähnliches lässt sich auch
bei Schongauer und Wohlgemut beobachten), sind sie bei Schaffner
breit und kurz, mit rundlichen fettigen Fingern. Dies scheint den
Kunstanschauungen der ganzen Zeit zu entsprechen: bei Schäuffelin
und dem Messkircher Meister sind die Hände den Schaffner'schen
oft zum Verwechseln ähnlich und auch bei Dürer und Burgkmair,
lässt sich, trotz des eingehenderen Studiums und der grösseren
anatomischen Kenntnis die gleiche Tendenz wahrnehmen.

Ein tiefgreifender Unterschied zeigt sich auch in dem weib-
lichen Schönheitsideal, wie es sich besonders in dem Madonnen-
typus ausdrückt. Bei Zeitblom und seinen Zeitgenossen ist noch
die lange schmale Gesichtsform bevorzugt; die grösste Breite liegt
in der Linie der Augenbögen, darunter verjüngen sich die Backen
rasch zu einem schmalen spitzen Kinn. Bei Schaffner ist die
grösste Breite des Gesichtes unter den Augen, meist von Backen-

knochen zu Backenknochen. Die Stirne ist niedriger, dadurch
das ganze Gesicht runder, die Backen verlaufen mehr senk-
recht, der untere Abschluss ist ein breiter Bogen. Dabei
sind die Schultern breiter und weniger abfallend, die Brust
ist voller und gewölbter, (letztere beiden Punkte treffen bei dem
Nürnberger Dreikönigsbilde noch nicht zu). Dadurch erscheint
die Mutter Gottes weniger zart und weltentrückt, dafür aber pla-
stischer und lebendiger.

II.

Das durchgängige Charakteristikum der zweiten Periode,
welche ungefähr das zweite Jahrzehnt des 16. Jahrhunderts um-
fasst, ist das Hervortreten eines schweren, stumpfen Braun, das
sich oft bis zu einem dunklen Gesamtton steigert. Die Färbung
der Landschaft wird tiefer und klarer, ihre Zeichnung sorgfältiger
und eingehender. Auch das Inkarnat ist eine Nuance wärmer
als vorher, oder später. Die Leuchtkraft der einzelnen Farben ist
eine sehr geringe; auch zeigt die Behandlung oft eine gewisse,
anscheinend absichtliche Derbheit und ein Hinneigen zur Häuf-
ung krauser Linien in der Zeichnung.

Schaffner steht mit dieser Wandlung unter den schwäbischen
Malern nicht vereinzelt da; mit Ausnahme der Augsburger ist
sie bei fast allen zu beobachten; so bei dem Meister von Messkirch, dem Meister C. W. 1516 in der Stuttgarter Staatsgallerie,
bei Jörg Ratgeb von Gmünd und dem Unbekannten der den
Antonius-Altar in Donaueschingen (Nr. 64—68) gemalt hat.
Allein sie hat ihren Ausgangspunkt nicht in Schwaben selbst,
sondern in Franken. Das gewaltige Werk Dürers zog damals
alle schwächeren Geister in seinen Bannkreis. Selbst der alte
Zeitblom wurde zum Imitator des Nürnbergers, und kopierte dessen Grablegung von 1500 auf einem Bilde, das sich jetzt im
germanischen Museum befindet (Nr. 145). Unmittelbarer noch
war aber der Einfluss eines Schülers: Hans Leonhard Schäuffelin.
Das Jahr 1512 mag ein bedeutsames Ereignis für die Maler
Schwabens gewesen sein, als Schäuffelin nach Augsburg kam
um sich nicht lange danach in Nördlingen dauernd niederzulassen.

Wohl mancher mag damals in die Werkstatt des Schülers gekommen sein, um dort die Kunst des Meisters zu erlernen. Ob
mit Erfolg? — Die Frage werden wir heute verneinen. Für
unser Empfinden führen die Bahnen dieser Maler zum Teile
weit ab von Dürers eigenen Wegen.

Auch auf Schaffner treffen diese Ausführungen zu; wir fin-
den ihn erst unter Dürers, dann unter Schäuffelins Einfluss. An
dem Stichwerk des ersteren scheint er besonders zwei Dinge stu-
diert zu haben: die Putten und den Baumschlag. Auf den ersten
Punkt kann ich unten noch einmal hinweisen. Der zweite zeigt
den Zusammenhang am deutlichsten. Dürer bildet auf seinen
Kupferstichen etwa seit der Mitte des ersten Jahrzehnts den
Baumschlag aus kleinen übereinander gehäuften Halbkreisen und
Bögen, deren Plastik durch eingesetzte Punktreihen erhöht wird.
Die nämlichen Mittel finden wir von jetzt an auch bei Schaffner
angewendet; daneben kommt später bei diesem noch eine zweite
Art der Zeichnung vor, wobei die Linien am Stamm ausgehend,
sich nach aufwärts krümmen, und so flache, nach oben offene
Bögen bilden. Auch diese Art geht von Dürer aus, bei dem sie
von der Mitte des zweiten Jahrzehntes an zu beobachten ist, besonders auf der „grossen Kanone" (B. 99). Direkte Kopien einzelner Kriegerfiguren aus der Holzschnittpassion finden sich in
der Wettenhauser Passion und in der Auferstehung 1516.

Seit 1515 tritt der Einfluss Schäuffelins stärker hervor: die
Vorliebe für ungebrochene Töne und das allmähliche Verschwinden der Schillerfarben stammt dorther; in der Landschaft treten
an Stelle des bisherigen Graugrün oder Graublau das saftige Grün
und Braungrün und das tiefere Blau des Himmels, wie sie die
Landschaften des Nördlinger Dürerschülers kennzeichnen, freilich
einstweilen noch nicht mit derselben Klarheit und Leuchtkraft
wie bei diesem. Auch der schwächliche, weinerliche Ausdruck
des Schmerzes entspricht der Darstellungsweise jenes Meisters,
so sehr dass man das Kreuzigungsbild in der Sammlung Soltmann
(Berlin), das A. Bayersdorfer richtig als Schäuffelin erkannte, lange
Zeit Schaffner zugeteilt hat.[1] Ja sogar einzelne Typen wie Chri-

---

[1] Vgl. Vischer, Studien zur Kunstgeschichte, p. 473; Friedländer,
Altdorfer p. 8.

stus und Judas sind vollständig herübergenommen, ersterer in der
Auferstehung 1516 und der Höllenfahrt 1519, letzterer auf der
Wettenhauser Passion und später noch auf dem Ulmer Münsteraltar. Wahrscheinlich sind diese Einflüsse das Resultat persön-
licher Bekanntschaft; diese Behauptung scheint kaum gewagt,
wenn man die vielfachen Beziehungen zwischen den Reichsstädten
Ulm und Nördlingen bedenkt. So fielen den um jene Zeit gerade
in Nördlingen mit besonderer Rücksichtslosigkeit geführten Hexen-
prozessen mehrere Ulmer Bürgerinnen zum Opfer, so dass schliess-
lich der Rat von Ulm bei dem von Nördlingen intervenierte.
Das Epitaph des Ulmers Hans Genger von Herlin im Rathause
zu Nördlingen zeigte, dass auch künstlerische Verbindungen schon
bestehen.

In der Uebergangszeit, also zwischen 1510 und 1514, fallen
drei ungezeichnete undatierte Werke: in der Sammlung Hainauer in
Berlin, im Chorumgang des Augsburger Domes, und in der alten
Kirche von Wasseralfingen. Das erste sind die zersägten Flügel
eines Altärchens, die aussen die Heiligen Lukas und Markus
(wohl nicht Hieronymus, wie im „klassischen Bilderschatz" Nr. 599)
vor goldenen Brokatteppichen, darüber blaugrünem Grunde, innen
die Heiligen Andreas und Gregor auf Goldgrund zeigten : nichtssagende und langweilige Gestalten. Blaugrün und dunkelrot sind
die hauptsächlichsten Gewandfarben. Der Kopf des Andreas
ist identisch mit dem des Petrus auf der Herabkunft des heiligen
Geistes von 1510.

Wichtiger ist das Augsburger Altarwerk, ein Allerheiligen-
Altar. Der Mittelschrein besteht aus zwei Teilen; die Schnitzerei
des unteren, breiteren stellt den Tod Mariae, der obere ihre
Krönung dar. Auf den Flügeln des unteren Teiles sind innen
rechts die 14 Nothelfer und links die Marter der Zehntausend,
aussen links die Messe des heiligen Gregor, rechts der büssende
heilige Hieronymus; auf den oberen sind innen je vier Reihen
von Heiligen in Halbfiguren etagenweise übereinander, aussen die
Heiligen Ursula, Agnes, Dorothea, Appollonia. Die geschnitzte
Predella ist eine Imitation aus unserem Jahrhundert. Die ganze
Ausführung der Bilder ist flüchtig, und trägt vielfach die Spuren
anderer Hände; die Zehntausend wimmeln von greulichen Ver-
zeichnungen; die ganze Ausführung ist jedenfalls nur Gesellen-

arbeit. Interessant sind jedoch zwei Umstände. Einmal ist der heilige Hieronymus eine freie, aber doch unverkennbare Kopie nach Dürers Kupferstich B. 61: also die erste Wendung zu dem neuen Ideale! Noch wichtiger ist, dass auch die Schnitzerei des Mittelstückes unverkennbar die Merkmale von Schaffners Kunstweise trägt.

Dass Schaffner Bildhauer gewesen sei, berichtet schon die Chronologia Wettenhusana[1] tom II p. 118. Dort steht unter dem Jahre 1514 zu lesen: Idaea montis Oliveti seu historia Christi domini servatoris nostri in horto Gethsemani a Judaeis captivati ex opere sculptili rara arte confecta per Martinum Schaffner statuarium et pictorem Vlmensem ect. Chron. Wett. tom III pars 1 sub 1515 ist diese Nachricht kurz wiederholt. Danach scheint 1790 der Oelberg noch gestanden zu haben; heute ist nichts mehr nachweislich. Aber die Nachricht genügt uns, um die Schnitzerei des Augsburger Altares Schaffner zuzuschreiben. Sie zeigt dieselben derben Gesichter, dieselben Faltenmotive der Gewänder, dieselben fleischigen Hände und kurzen dicken Finger, denselben weinerlichen Ausdruck des Schmerzes. Nun kann man allerdings mit Fug und Recht bezweifeln, dass die Skulptur von Schaffners eigener Hand herrühre; unbestreitbar scheint mir aber, dass sie in seiner Werkstatt nach seinem Entwurfe entstanden, und dass sich die Hand des ausführenden Gesellen sehr eng an diesen Entwurf anschloss.

Da sich eine sichere Datierung Schaffner'scher Skulpturen bei dem Mangel an Material nicht aufstellen lässt, so sei hier anschliessend gesagt, was wir sonst noch darüber wissen. Zunächst berichtet P. Werner Gall in Chron. Wett. tom III pars I pag. 166, Schaffner habe „in primo saeculi decimi sexti exordio universam hierarchiam coelestem in ara beatissimae virginis nostrae" gefertigt.

Archivar Dr. Schröder hat dies mit Recht auf den noch erhaltenen „Rosenkranzaltar" in der Kirche zu Wettenhausen be-

---

[1] Die Chroniken befinden sich in München im allgemeinen Reichsarchiv (Bibliotheksgebäude), sind in Papier gebunden und römisch paginiert.

zogen.[1] Maria kniet in der Mitte von zwei Putten gekrönt, rechts sitzt Gott Vater, links Christus, oben schwebt der heilige Geist, im Vordergrunde vier Putten. Im Hintergrunde bauen sich in drei Reihen übereinander Heilige und Engel auf. Das Werk ist nicht mehr, wie Schröder meinte, spätgothisch; die Figuren stehen völlig fest und sicher, die Putten sind echte Renaissancegeschöpfe. Der Altar kann deshalb nicht vor 1510 entstanden sein. Die Kopftypen und die Hände der drei vorderen Gestalten, besonders aber die Putten stimmen vollständig mit Schaffner's Kunstweise überein. Dagegen weist die Ausführung, besonders bei den Köpfen im Hintergrund, auf dieselbe Hand, von der das Mittelstück des Ulmer Münster-Altares, sowie die fälschlich „Daniel Mauch"[2] genannte Anbetung im Berliner Museum herrühren. Das richtige scheint zu sein, dass die Ausführung dieser Hand, der Entwurf aber Martin Schaffner gehört. Die Fassung der Skulptur ist völlig neu und sehr schlecht.

Ein drittes Schnitzwerk hat sich gleichfalls in Wettenhausen erhalten: die stehende heilige Anna selbdritt über der Thüre der Kapelle im Klosterhof. Die etwa halblebensgrosse Figur ist in allen Einzelheiten so echt Schaffnerisch, dass ich nicht anstehe, sie der eigenen Hand des Meisters zuzuschreiben; sie mutet uns an wie eine plastische Replik des Bildes in der Ulmer Sakristei. Das reife und feine, leider vom Wetter arg mitgenommene Figürchen ist jedenfalls erst bedeutend später als die vorbesprochenen Skulpturen entstanden.

Ueber den Altar im Augsburger Dom erfuhr ich von Herrn Konservator Huber in Augsburg, dass sich derselbe bis zum Jahre 1863 in der Heiligkreuz-Kirche in Augsburg befunden habe. Wie er dahin gekommen, sei nicht nachzuweisen, es sei daher wahrscheinlich, dass der Altar für diese Kirche gemalt sei.

---

[1] Vgl. Archiv für christliche Kunst («Keppler's Archiv») 1893, p. 37 ff.

[2] In dem sehr verdächtigen Citat Brulliots von 1510 wird Schaffner in Gemeinschaft mit einem Bildschnitzer Daniel Mauch in der Barfüsserkirche arbeitend genannt. Indem man diese Stelle mit dem vorübergehend in der Barfüsserkirche aufgestellten Domaltar von 1521 in Beziehung setzte, nannte man diesen Schnitzer Daniel Mauch. Der letztere ist sonst völlig unbekannt, möglicherweise ist der Name ganz apokryph. Vgl. Grüneisen u. Mauch, Ulm's Kunstleben im Mittelalter, Ulm 1840.

Dies Resultat ist nicht unwichtig. Nach den strengen Augsburger Zunftgesetzen durfte kein Künstler Bestellungen für die Stadt annehmen, welcher nicht dortselbst ansässig war. Die Thatsache, dass Schaffner einen Altar nach Augsburg lieferte, wäre somit der vollgiltige Beweis für meine Behauptung, dass Schaffner sich eine Zeit lang in dieser Stadt aufgehalten haben müsse.

Andrerseits kann ich einige schwere Bedenken nicht verhehlen. Das Vorhandensein im Jahre 1863 scheint mir noch nicht unwiderleglich darzuthun, dass der Altar für die Heiligkreuz-Kirche bestellt war. Diese war eine Wallfahrtskirche, welcher fortgesetzt Stiftungen zuflossen; der Altar kann also sehr wohl erst später dahin gebracht worden sein. Dafür scheint mir auch die Qualität des Werkes zu sprechen. Es ist mir sehr unwahrscheinlich, dass Schaffner, mit einem Auftrag für die Kunstmetropole Schwabens bedacht, nur schlechte Werkstattarbeit lieferte, während er zu gleicher Zeit in die weltentlegenen Kirchen von Heiligkreuzthal und Wasseralfingen eigenhändige Altäre schickte. Eher glaube ich, dass der Altar für eine Kirche auf dem Lande bestimmt und erst später nach Augsburg gebracht war.

Herr Konservator Huber hat den Altar früher auf „Werkstatt Burgkmair's" bestimmt, und besonders die Aehnlichkeit der 14 Nothelfer mit diesem Meister hervorgehoben. Wenn ich auch dieser Bestimmung in keiner Weise beitreten kann, so verzeichne ich diese Ansicht doch mit grossem Vergnügen, weil sie mir beweist, dass auch andere vor mir schon einen Zusammenhang der Jugendwerke Schaffners mit Burgkmair gesehen haben.

Das dritte Produkt der Uebergangszeit, der Wasseralfinger Altar, steht mit seinen stumpfen braunen Tönen den folgenden Bildern schon sehr nahe. Er zeigt bei geöffneten Flügeln Johannes den Täufer und die heilige Anna selbdritt, geschlossen die heilige Katharina und Margarethe, auf den feststehenden Flügeln die Heiligen Georg und Christophorus, auf der Staffel die Heiligen Petrus, Ursula und Paulus. In St. Petrus begegnen wir das letzte Mal dem St. Petrus von der Stuttgarter Ausgiessung des Geistes. An Steifheit und Langweile geben die Gestalten denen in der Sammlung Hainauer nichts nach. Der Altar ist in der Oberamtsbeschreibung von Aalen nach das Jahr 1530 gesetzt, weil der geschnitzte Mittelschrein die Wappen der Alfingen und Rechberg

enthält, der Stifter Wolf von Alfingen aber erst nach 1530 eine
Rechberg zur Frau nahm; die Kirche wurde überdies 1530 umgebaut. Stilkritisch ist diese Datierung unzulässig; das Wappen
kann ja später eingesetzt sein. Die schweren braunen Töne, das
Blaugrün in den Gewändern, die ganz altertümliche Darstellung
der heiligen Anna selbdritt (Maria als Kind auf dem Arm ihrer
Mutter) die gegen 1520 ganz abzukommen scheint, die Steifheit
der Gestalten überhaupt schliessen jede andere Meinung aus.

Im Jahre 1514 soll Schaffner's Name in den Rechnungen der
Pfarrkirchenpflege vorkommen. [1] Die gleiche Jahreszahl befindet
sich auf einem Gemälde, das unstreitig zu seinen allerbesten
Leistungen zählt und einer eingehenden Besprechung wert ist,
dem Epitaph der Familie Anwyl (Anweil) in der Altertümersammlung zu Stuttgart. Vor einer grauen Brüstung auf der noch die
Basen von vier dunkelroten Säulen sichtbar werden, knieen nach
links gewandt, sechs betende Gestalten. Vorne Herr Fritz Jakob,
gleich zwei seiner Brüder in Rüstung, hinter ihm seine drei, jung
in der Fremde verstorbenen Brüder, Walther, Marxs und Burckhardt, dann seine Frau Anna v. Diugenberg, zuletzt seine Mutter
Barbara von Stain. Nur Fritz Jakob und Anna sind Porträts
nach dem Leben: er mit dem breiten, feisten Gesicht, den fest geschlossenen Lippen und dem freien offenen Blick des Prototyp des
thatkräftigen Drauflosgängers, sie mürrisch und steif, eine wenig
weltkundige Erscheinung. Die vier andern waren längst tot, als das
Bild entstand. Das Gesicht der Mutter Barbara ist ganz in Schleiern
verborgen. Walther und Marx tragen beide denselben nach einer
allgemeinen Familienähnlichkeit konstruierten Kopf. Einen starken
Gegensatz dazu bildet der vierte Bruder Burckhardt: Mit seinen
dunklen gewellten Haaren, kühn geschwungenen Lippen, scharfgeschnittenen Brauen und tiefen, forschend ins Weite gerichteten
Augen ist er eine so individuelle Erscheinung, dass man sich sofort fragt: wer war dieser Mann? Er trägt als einziger statt der
Rüstung eine Pelzschaube und ein Buch in der Hand, also wohl
ein Gelehrter, oder ein angehender Priester; sein Sterbeort Rom
scheint dies zu bestätigen. Noch mehr aber beschäftigt uns die
Frage: wer war der Meister dieses Kopfes? Denn dass Schaffner

---

[1] Brulliot, a. a. O.

hier ein älteres Bildnis kopierte, steht ausser Zweifel. Ein Italiener kann es nicht gewesen sein, dafür ist das Bild zu weich, zu wenig stilisiert. Aber auch ein Deutscher konnte vor 1494 unmöglich so gemalt haben. Es bleibt nur eine Annahme übrig, die auch ganz zutreffend erscheint: Ein Vlaming aus der Schule Memlincs. Für unseren Meister ist es insofern interessant, als wir hier die Spur finden, auf der zu der grossen Weichheit und Feinheit seiner späteren Bildnisse gelangte. Die Farbenstimmung setzt sich hauptsächlich aus einem grünlichen Dunkelgrau, (Stahlrüstungen, Mauerbrüstung), Braunrot (Waffenrock des Johanniters, Frauenkleider, Säulen) und Gold (Schmuck, Grund) zusammen.

Der Grund hinter den Säulen ist Gold. Von den drei Putten, die auf der Brüstung sitzen, erinnern die beiden mit dem Zirkel und mit dem Hasen besonders stark an Dürers Formenwelt, so die Madonnen mit den drei Hasen (B. 102), die Melencolia (B. 74), und die drei Genien (B. 66); ebenso die schräg in das Bild gestellte Tafel mit den Worten: Martinus Schaffner Ulmensis pingebat 1514 und Monogramm. In der Sammlung gilt das Bild als Fragment, dessen oberer Teil fehlt; da aber die Farbe 1—2 cm. vor dem Brettrande in unregelmässiger Linie aufhört, ist diese Behauptung unhaltbar. Möglich, dass sich darüber ein anderes Bild befand, etwa ein Marienbild, wie man aus dem Spruchband: veni, electa mea, ponas in te thronum meum schliessen wollte. Ob dasselbe von demselben Meister war, bleibt immer noch fraglich. Das trefflich erhaltene Bild war früher im Schloss Unterschwandorf bei Nagold; da die ursprünglich Thurgauische Familie der Anwyl im 16. Jahrhundert dort begütert war, so scheint es nie von seinem Bestimmungsort entfernt worden zu sein.

Aus dem folgenden Jahre stammt ein nicht unwichtiger Eintrag in den Ulmer Ratsprotokollen: „Meister Martin Schaffner von Ulm dem Maler sollen die Stadtrechner für die Arbeit, kaiserlicher Majestät zuständig, 3 ½ fl. geben".[1] Die Notiz zeigt Schaffner im Zusammenhang mit der Künstlergruppe, welche sich damals um Kaiser Maximilian schaarte. Der Schluss ist naheliegend, dass Schäuffelin dabei der Vermittler war. Leider lassen sich diese Beziehungen nicht weiter verfolgen. Die Arbeit selbst lässt sich

---

[1] Brulliot, a. a. O.

nicht nachweisen und an den grossen Illustrationswerken des
Kaisers war Schaffner nicht beteiligt, wie er überhaupt der
graphischen Kunst völlig ferne stand.

In dasselbe Jahr fällt ein grosses, jedoch wenig ansprechendes
Werk, über dessen ursprüngliche Bestimmung uns die Chron. Wett.
leider keinen Aufschluss erteilt: Die aus acht Bildern bestehende
Passion von Wettenhausen. Von derselben sind gegenwärtig der
Einzug in Jerusalem, der Abschied Christi von seiner Mutter,
Gethsemane und Christus vor Kaiphas in Schleissheim, die Fusswaschung, das Abendmahl, die Verleugnung Petri und Christus
vor Herodes in der Gallerie zu Augsburg. Es ist die flüchtigste
und undurchgeführteste Leistung des Meisters. Ein schwerer brauner Gesamtton, welcher nicht nur durch den Firnis hervorgerufen,
sondern schon von Anfang an in der Farbengebung beabsichtigt
war, erdrückt alle Lokaltöne; die Schatten verdichten sich zu
dunklen undurchsichtigen Flächen, die Lichter entbehren der wirk-
lichen Helligkeit. Die Wirkung künstlicher Beleuchtung, wie der
Fackel in Gethsemane und des Feuers bei der Verleugnung, ist
gar nicht beobachtet. Am anziehendsten ist auf der Fusswaschung
der knieende Stifter, Probst Ulrich Hieber (geboren zu Höselhurst,
Probst seit 30. Oktober 1504, † 1532) der anscheinend Schaffners
grosser Gönner war. Sein Bildnis kehrt auf den Flügeln des
Hochaltares von 1524 wieder, und unter seiner Herrschaft, also
jedenfalls auf seine Bestellung führte Schaffner den untergegangenen
Oelberg und den Rosenkranzaltar, wahrscheinlich auch die Sta-
tuette der heiligen Anna selbdritt aus.

Der Schäuffelin'sche Einfluss tritt hier schon stark zu Tage;
besonders die Frauen im Abschied Christi und der gelbgekleidete,
sehr hebräisch aussehende Judas zeugen davon. Seinen Höhepunkt
erreicht er jedoch erst im folgenden Jahre, in der Auferstehung
im Altertümermuseum zu Stuttgart, die wieder aus dem Cyklus
der Deutschordenskirche stammt. Der Christus der in einer Art
statuarischer Kontrapost vor dem unverletzten Sarge steht, ist
ganz und gar einer oft wiederkehrenden Figur in Schäuffelin's
Holzschnitten abgelauscht. Das Inkarnat ist gelblich, mit graublauen, in der Tiefe braunen Schatten. Aus der Landschaft ist
die letzte Spur grauer unklarer Töne verschwunden, freilich auch
die letzte Spur sonnigen Glanzes. Die stumpfe Farbe lässt die

Klarheit nicht zur vollen Geltung kommen. An den Figuren des Vordergrundes sind zahlreiche Restaurationen.

Weitaus wichtiger ist ein anderes Werk von 1516, das noch heute wie vor vierhundert Jahren an seiner alten Stelle hängt: Das Bildnis des Eitel Besserer in der Besserer-Kapelle des Ulmer Münsters. Auf grünem, goldgemustertem Grunde blickt uns der Kopf entgegen, gleich dem Körper, nahezu en face, das wettergebräunte Antlitz von einem breiten weissen Barte umrahmt, eine mächtige Pelzmütze weit über die Ohren gezogen. Um die Schultern schmiegt sich eine weite dunkelbraune Pelzschaube, die Hände spielen mit einem braunen Rosenkranze. Der Mund ist leicht geöffnet, so dass die obere Zahnreihe sichtbar wird, der Blick gleitet ungezwungen nach links an uns vorbei. Die ganze Gestalt ist voll Rundung, voll Leben, sie tritt frei aus dem Bilde heraus und steht plastisch vor uns, der derbe breitspurige, in Wind und Wetter alt gewordene Landjunker, dem trotz der weissen Haare noch die ungebrochene Manneskraft aus den Augen leuchtet.[1] Und wie fein ist die ganze Durchführung, wie scharf ist das komplizierte Hautleben des alten Mannes beobachtet, alle die kleinen Fältchen und Furchen, die Verschiedenheiten der Farbe an den stärker und schwächer gebräunten Stellen! Wie sorgfältig ist der weiche, wohlgepflegte Bart behandelt, wie genau die wechselnde Färbung des Pelzes wiedergegeben! Man meint, jede Runzel, jedes Härchen zählen zu können, und doch ist die Malweise breit und flott, ohne alle Tüftelei. Es ist ein Meisterstück deutscher Bildniskunst, das den Leistungen Dürers und Holbeins nur wenig nachgiebt, in Schaffners Werk unstreitig der nie wieder erreichte Höhepunkt.

Ueber dem Kopfe steht die Inschrift: Anno doni 1516 jar. und das Monogramm. Die Schrift ist, ebenso wie der Grund, übermalt, aber nach der Form der Buchstaben zweifellos echt. Die Goldornamente sind den alten genau nachgebildet.[2] Der Kopf selbst ist unberührt und tadellos erhalten.

---

[1] Eitel Besserer war Herr auf Rohr, einem Landsitze bei Ulm, und starb angeblich 1533.

[2] Restaurator Eigner, welcher die Uebermalung vornahm, soll nach dem Muster der alten Ornamente einen Holzstock angefertigt und damit dieselben auf den übermalten Grund vorgedruckt haben. (Briefliche Mitteilung Herrn Dr. Weizsaecker in Frankfurt.)

Aus dem folgenden Jahre stammen vier hohe schmale Tafeln, die aus dem Kloster Salem in das Schloss Kirchberg am Bodensee gelangt und dort in die Vertäfelung eines Empirezimmers im zweiten Stock eingelassen sind. [1] Was sie ursprünglich waren, ist nicht mehr zu bestimmen; die Annahme, es seien zersägte Altarflügel, scheint durch die gleiche Behandlungsweise der vier Bilder ausgeschlossen. Dargestellt ist die Legende des heiligen Antonius. Auf dem ersten Bilde naht sich im Vordergrund den mit graubrauner Kutte bekleideten Heiligen eine gehörnte Frau im roten ausgeschnittenem Kleide, eine graue Büchse in den Händen; der Heilige wehrt sie mit erhobenen Schwurfingern ab. Beide Figuren sind Kopien nach Lucas von Leydens Kupferstich B. 117; die Landschaft dahinter ist selbständig. In dieser erblickt man zwei legendarische Scenen, als Abschluss eine Burg und ferne Berge. Oben wird Antonius von Engeln gen Himmel getragen, Christus in Wolkenglorie empfängt ihn. Das zweite Bild zeigt dreimal den Heiligen, versucht von Weibern, unter denen eine rotgekleidete Gestalt mit einem Pferdefuss stets wiederkehrt. Im Vordergrund zerrt sie ihn nach einem Bett mit rotem Himmel, im Mittelgrund tritt sie ihm vor einem grauen Portal entgegen, im Hintergrund führt sie ihn zu im Flusse badenden Frauen. Die Szene ist durch blaue, oben offene und von einer Ballustrade gekrönte Renaissance-Architektur koulissenartig geteilt. Das in die Mauer eingelassene Medaillon mit einem Relief-Profil-Kopf ist ein in Daniel Hopfers Stichen häufig wiederkehrendes Motiv, das dieser wahrscheinlich aus Mantegna's Fresken in der Eremitanerkirche entnommen hat. Auf der dritten Tafel wird der Heilige von einer Schaar rot- und gelbschillernder Teufelsfratzen in die Lüfte entführt; darüber taucht aus den Wolken die Halbfigur Christi im Purpurmantel, umgeben von gelbem Glorienschein auf. Die vierte Darstellung führt uns in wilde Bergeseinsamkeit, Antonius steht vor dem sterbenden Eremiten Paulus, dem eben zwei Löwen sein Grab scharren. Im Hintergrund ist links ein

---

[1] Kraus (Badisches Inventar Bd. I S. 508) liest 1507: Soviel ich hörte, sind die Bilder inzwischen restauriert worden. Jedenfalls lautet heute die Jahreszahl auf dem ersten und zweiten Bilde ebenso, wie sie Brulliot und Grüneisen und Mauch zitieren: 1517. Nebenstehende Bezeichnung ist von dem zweiten Bilde.

sehr fein beobachteter Tannenwald, in dem Paulus sein Gebet verrichtet, rechts tritt Antonius auf der Wanderschaft aus einer Felsschlucht heraus. Darüber erheben sich schneebedeckte Alpenketten. Auf dem ersten und vierten Bilde macht die Landschaft vielfach den Eindruck von Gesellenarbeit. Der Tannenwald, der alle charakteristischen Eigentümlichkeiten des Bergwaldes aufweist, sieht allerdings sehr eigenhändig aus. Beide Bilder haben übrigens durch scharfes Putzen furchtbar gelitten. An der Frau auf Tafel I. ist der Goldschmuck bis auf Reste zerstört, überhaupt wenig mehr original. Das Gesicht des Eremiten Paulus ist ganz auspunktiert. Das unfertige flüchtige Aussehen der beiden Tafeln kann also wohl von dem Wegfall der obersten Farbenschichte herrühren. Tafel II und III sind leidlich gut erhalten.

Das Datum 1518 tragen die beiden Apostel in der Karlsruher Gallerie; fast lebensgrosse, breitgemalte, wenn auch im Tone etwas schwer gehaltene Halbfiguren, die trotz ihrer Typik gross und lebenswahr wirken. Es ist das einzige Mal, dass Schaffner den Gegensatz heller Köpfe und dunklen Hintergrundes zu stärkerer Plastik und Raumwirkung ausnützt, ohne freilich eine Beleuchtungsstudie oder gar ein wirkliches Helldunkel daraus zu machen. Die Bilder zeigen überhaupt deutlich, wie sehr ihn das Problem der Form als solche nunmehr beschäftigt. Den Versuch, mit einer, zwischen einer Brüstung und einer Mauer stehenden Figur, ohne Zuhilfenahme des Bodens, eine Raumwirkung zu erzielen, hätte der junge Kolorist vor zehn Jahren wohl kaum gemacht. Jedenfalls aber hätte er ihn mit anderen Mitteln gelöst, als durch eine Hand quer über der Brüstung, durch Schrägstellung der Schultern, überhaupt die Führung aller Linien in der Diagonale des dargestellten Raumes, in Verbindung mit einem blossen Helligkeitsunterschied der Farbe. Es ist die Tendenz der Kunst in jener Zeit, die hier zum Ausdruck kommt. Zwei Jahrzehnte lang hatte sie ihre alte Formenwelt in neuer Auffassungsweise weiter entwickelt, und nur einige italienische Elemente in sich aufgenommen. Die Frische der Farbe stand im Vordergrund des Strebens; in der Zeichnung musste die Kühnheit ersetzen, was ihr an ausgereiftem Können fehlte. Jetzt wendet sich die Richtung nach und nach. Zu einem schärferen Sehen langsam

erzogen, kamen die Künstler zu dem Punkt, wo ihnen trotz des
wirkungsvollen Kolorits die mangelhafte Zeichnung unerträglich
wurde. Sie begannen alle Kraft dem Studium der Form zu wid-
men, der richtige Lauf jeder Linie im Raume war ihnen das
wichtigste. Mancher schon gewonnene koloristische Fortschritt
ging darüber wieder verloren.

Im Jahre 1519 vollendete Schaffner soweit wenigstens unsere
Kenntnis reicht, den Cyklus in der Deutschordenskirche. Zwei
Bilder tragen diese Jahreszahl: Christus im Limbus und die Grab-
legung, — ersteres an der linken Bogenwand des Höllenthores,
letzteres auf einem Stein rechts vorne —. Das erstere zeigt
ihn wieder ganz im Banne Schäuffelins. Der Christus ist eine
Kopie nach dem Holzschnitte in Wolfgang von Maens „Leiden
Jesu Christi" (Augsburg bei Hans Schönsperger 1515). Die Um-
gebung ist selbständiger behandelt. Beobachtenswert ist die
Menge ganz gut modellierter Aktfiguren. Das Inkarnat ist gelblich mit stumpfgraublauen, in der Tiefe braunen Schatten. Der
Kopf des Adam vorne rechts ist so lebendig und individuell, dass
ich ihn für ein Stifterporträt halte. Ungleich anziehender muss die
Grablegung gewesen sein. Der Steinsarg steht in einem waldumschlos-
senen Felsenthal, in dem die Bäume allen Ausblick versperren.
In dieser lauschigen Einsamkeit hat sich das kleine Häuflein der
Getreuen versammelt, um den Leichnam zur letzten Ruhe hinab-
zusenken. Der leidenschaftslose matte Ausdruck des Schmerzes
muss hier, in dieser regungslosen weltfernen Stille einen ergreifenden Eindruck entsagender Trauer geübt haben. Leider ist
das Bild in unserem Jahrhundert durch den Restaurator Eigner
total übermalt worden, die leuchtenden, geleckten Farben und die
kleinlichen Lichter, die man heute sieht, genügen, um die ganze
Stimmung völlig zu verderben.

In denselben Zeitraum und zwar in die zweite Hälfte desselben, gehört noch ein unbezeichneter und undatierter Porträt-
kopf unbekannter Herkunft, welcher sich gegenwärtig in der
Gemäldegallerie der kunsthistorischen Sammlung zu Wien (Nr. 1488,
genannt „oberdeutsche Schule", Anfang des XVI. Jahrhunderts)
befindet. Der Dargestellte ist ein Mann in mittleren Jahren, mit
breitem bartlosem Gesicht, auffallend dicker Nase und langen
braunen Haaren, leicht nach links gewendet, nahezu en face. Er

trägt eine rote Kappe, einen roten und darüber einen grau gemusterten Rock und schwarze Schafpelzschaube. Der blaue Grund
ist teilweise übermalt, ein ringförmiger Goldnimbus, Goldornamente
und ein österreichisches Wappen sind später hinzugefügt; auch im
Gesicht sind einige Uebermalungen. Die Modellierung der Fleisch-
partien mit blauem und braunem Schatten stimmt mit den zuletzt
besprochenen Bildern überein.

Das nächste datierte Bild fällt in das Jahr 1521, also zwei
Jahre nach Höllenfahrt und Grablegung. Ein kurzer Zeitraum,
allein der folgenschwerste seines Lebens. Wenn wir ihm wieder
begegnen, hat seine Kunstweise eine Wendung genommen, die
ihn zunächst zu ungeahnter Höhe emporführt, bald aber in Bahnen lenkt, in denen er uns immer leerer und unerquicklicher
erscheint.

III.

Als im Jahre 1521 der neue Schaffner'sche Altar der Heiligen Johannes Baptist, Diebold, Erhard und Barbara in der Turm-
halle des Ulmer Münsters errichtet wurde, da prangten schon mehr
als 36 ältere Altäre in jener Kirche. Heute ist keiner mehr von ihnen
vorhanden; zehn Jahre später hat sie alle ihr Schicksal ereilt.
Nur jener Altar Schaffners steht noch heute, oder besser gesagt,
heute wieder, am alten Orte, jetzt aber am Ehrenplatz im Chore.
Es ist ein besonders glücklicher Zufall für den Meister und seinen
Biographen, dass gerade dieses Werk der Zerstörung entronnen;
es steht unter seinen Altarwerken allen voran, ja es weist einzelne Züge auf, in denen es der ganzen Zeit vorauseilt.

Bei geöffneten Flügeln steht die Darstellung der heiligen Sippe
vor uns. Der geschnitzte Mittelschrein, dessen Meister wir schon
früher in Verbindung mit Schaffner getroffen, enthält die heilige
Maria mit dem Christkinde und Anna, die drei Männer der
letzteren und Josef; auf den gemalten Flügeln sind die beiden
anderen Töchter Annas mit ihren Familien. Links sitzt María
Salome in dunkelgrünem, ausgeschnittenem Kleide, um das sich
ein grauvioletter Mantel schlingt, ihren nackten jüngsten Sohn,
Johannes den Evangelisten herzend. Neben ihr steht Jakobus
major, die Schreibtafel in der Hand, und streckt die Hand nach

ihr aus, er möchte auch an den mütterlichen Liebkosungen teil-
nehmen. Dahinter lehnt Zebedaeus über eine Brüstung, ein alter
bartloser Mann in langen grauen Haaren und grauer Pelzschaube;
er reicht Frau und Kind Früchte dar. Nach links rückwärts
gewährt ein Fenster Ausblick auf eine Waldlandschaft mit Burg.
Der dargestellte Raum, eine Halle aus grauen Quadern mit rotbraunen Säulchen, über denen das Wappen der Stifterfamilie Hutz
ornamentartig eingelassen, ist architektonisch unmöglich wie alle
Leistungen damaliger deutscher Maler, der Hausrat jedoch mit
grosser Treue und Genauigkeit wiedergegeben. Aehnlich ist die
Auffassung auf dem anderen rechten Flügel. Hier reicht Maria
Cleophä in einem einfachen roten Kleide und blauem Mantel, ihrem
Jüngsten, Jacobus minor, die Brust, Josefus Justus, gleich seinem
Bruder nackt, sitzt auf ihrem Rocksaum und spielt mit einem
Stieglitz. Die beiden älteren Knaben, im Gegensatz zu den jüngeren
bekleidet, gruppieren sich um ihren Vater Alphäus, einem wür-
digen Mann in mittleren Jahren, der in rotem Unterkleide und
grüner, mit gelbem Pelz besetzter Schaube neben seiner Gattin
steht; Judas Thaddäus, in offenem weissen Hemd, reitet sein
Steckenpferd, Simon in gelbem Kleidchen streckt eine ABC-Tafel
seinem Vater entgegen. Die Aussicht geht hier auf eine Stadt
mit fernen Bergen.

Schon die Schilderung zeigt, wie weit hier von der landläufi-
gen schablonenhaften Darstellung der heiligen Sippe, bei der die
einzelnen Mitglieder unthätig, zusammenhanglos nebeneinander
stehen, abgewichen ist. Aus dem steifen Andachtsbilde sind hier
Familienszenen geworden, Szenen aus dem häuslichen Leben Ulmer
Bürger, voll fein beobachteter intimer Züge. Schon in den Köpfen
ist die Typik völlig verschwunden, alles ist individuell. Maria
Salome ist eine hübsche, elegante Erscheinung, um Mund und
Augen einen Anflug träumerischer Sinnlichkeit; sie hat einen
Schimmer von dem, was wir als „grande dame" bezeichnen.
Einen wirksamen Gegensatz dazu bildet das derbe hausbackene
Gesicht der korpulenten Maria Cleophä; die Verschiedenheit kenn-
zeichnet sich schon äusserlich durch ihre einfache Kleidung ge-
genüber dem reichen Goldschmuck und dem gestickten Brustlatz
der Schwester. Auf den Unterschied zwischen dem linken ge-
sunden und dem rechten erblindeten Auge des Zebedäus haben

Ulmer Lokalforscher (Grüneisen, Pfleiderer u. a.) schon oft hingewiesen; jedoch auch sonst ist der alte kränkliche, dicht in seinen
mächtigen Pelz gehüllte Mann trefflich charakterisiert. Nicht minder
lebendig ist die behäbige selbstbewusste Kaufherrngestalt des Alphäus.
Selbst auf die Kinder erstreckt sich dieses Individualisieren. Judas
Thaddäus zeigt eine unverkennbare Aehnlichkeit mit seinem Vater,
Jakobus Major besitzt schon die feingeschwungenen Lippen der
Mutter. Ohne Zweifel sind es lauter Porträts, die wir hier vor
uns haben. Allein in ihrer Gesamtheit wirken sie als Genrebilder,
wie sie kein anderer deutscher Maler jener Zeit geschaffen. In
der liebevollen Beobachtung aller kleinen Züge des Lebens, sind
sie gleichsam Vorläufer der grossen Genremalerei, die hundert
Jahre später in den Niederlanden erblühte, ja sie berühren uns
sympathischer als viele jener späteren, da sie keinen anderen
Zweck verfolgen, als den einer stärkeren Belebung des Bildes,
und noch jenes novellistischen und humoristischen Beiwerks völlig
entbehren, das sich später zum Schaden des künstlerischen Em-
pfindens so rasch breit macht.

Auf den Aussenseiten tritt die Schaffner'sche Typik wieder in
ihr Recht. In einer grauen Pfeilerhalle, die sich auf einem freien
Platz mit Bäumen und Gebäuden öffnet, stehen die vier Namens-
heiligen des Altares, Johannes Baptist, Erhard, Diepold und Barbara, die beiden ersteren auf dem linken, die letzteren auf dem
rechten Flügel. Trotz aller Sorgfalt der Ausführung, trotz der
Klarheit und Leuchtkraft der Farben wird man sich schwerlich für
diese Gestalten begeistern können. Bedeutsamer, nicht nur künst-
lerisch, sondern vor allem historisch ist die Staffel, die das Abendmahl darstellt. An Stelle des ovalen Tisches der früheren
deutschen Bilder (wie das Schaffner'sche in der Gallerie zu Augsburg), ist hier eine lange, nur an einer Seite besetzte Tafel getreten. Christus sitzt in der Mitte, Johannes an seine Brust ge-
lehnt, zu beiden Seiten sind Gruppen von je fünf Jüngern, im
eifrigen Gespräch über das eben gefallene Wort: „Einer unter
Euch wird mich verraten"; hinter der linken Gruppe verlässt Judas
mit dem Beutel die Versammlung. Nach rückwärts blickt man
durch ein breites durch zwei Säulen geteiltes Fenster auf einen
weiten Platz einer Stadt in lombardischem Charakter.

Das Vorbild wird wohl jeder schon nach diesen Worten

kennen: Lionardos Abendmahl. Grundgedanke und Anordnung
sind vollkommen dort entlehnt; aber auch Einzelheiten stimmen
überein. Die drei letzten Männer rechts sind nahezu getreu kopiert, wenigstens in Stellung und Bewegung; links von Christus
ist Petrus an Stelle Johannis getreten, jedoch in gleicher Haltung;
die äusserste linke Gruppe ist dagegen ganz verändert. Das milde
Dulder-Antlitz Christi und der etwas weibische Johannes sind
gleichfalls von Lionardo beeinflusst. Sonst ist die Typik ganz
die Schaffner'sche; der gelb gekleidete struppige Judas ist der alte
Bekannte aus Schäuffelin.

Von Lionardo's Abendmahl existieren drei alte, anonyme Stiche,
durchweg getreue Kopien des Originales. Schaffner könnte einen
von diesen benützt haben; allein dann liessen sich die Abweichungen schwer erklären; auch sind die Stiche so schlecht, dass
ihnen wohl kaum eine starke Einwirkung zuzutrauen wäre. Auch
wäre damit noch lange nicht erklärt, woher der ganz veränderte
Charakter des Kolorits stammt. Die bräunlichen stumpfen Töne
sind verschwunden, alle Farben sind voll und leuchtend. Die
Lokalfarben sind in breite Flächen zusammengefasst, durch das
Licht erzeugte Nuancen überall unterdrückt, die Schatten mit
braunen durchsichtigen Lasuren über der Hauptfarbe wiedergegeben. Die Landschaft ist hell und gleichfalls leuchtend, der
Himmel von tiefem, durchsichtigem Blau, gegen den Horizont nur
wenig aufgelichtet.

Sicher ging diesem Werke etwas vorher, das geeignet war,
den Künstler mit einem Schlage in andere Bahnen zu lenken.
Kehren wir nun zu der Staffel zurück, ziehen wir vor allem den
ganz lombardischen Charakter der Stadt in den Kreis unserer
Betrachtung, so können wir das Ereignis mit aller Bestimmtheit
nennen: eine Reise nach Italien. Schaffner war selber jenseits
der Alpen und hat Lionardos Abendmahl gesehen und studiert,
das geht aus allem unabweislich hervor, wenn uns auch urkund-
liche Belege dafür fehlen. Die Lücke des Jahres 1520 wird dadurch sehr gut erklärt. Weiter können wir jedoch nicht gut
gehen; der Einfluss eines bestimmten Meisters lässt sich kaum
nachweisen. Jedenfalls kann man dabei nicht, wie früher (z. B.
bei Janitschek) geschehen, an Palma vecchio denken, dessen
warmen Goldton Schaffner völlig fernsteht. Eher scheinen An-

3

klänge an die Nachfolgerschaft Lionardo's in Mailand vorhanden, etwa an Luini, wiewohl von dessen feinem Sfumato bei Schaffner keine Spur zu sehen ist. Verwandte Züge, z. B. die violetten Schattentöne lassen sich auch bei niederländischen Lionardo-Nachahmern finden. Vor allem aber muss auf einen Maler mit feiner Beobachtungsgabe, wie Schaffner es unstreitig war, schon der Anblick der italienischen Natur einen für die Zukunft bestimmenden Eindruck gemacht haben, und dieser ist nach meiner Ansicht die wichtigste Vorbedingung gewesen, für das vorliegende und die unmittelbar anschliessenden Werke.

Ueber Entstehung und Schicksale des Altares sind wir merkwürdig genau unterrichtet. Im Jahre 1409 wurde durch Bartholome Gregg ein Altar der heiligen Mutter Gottes und aller Heiligen, sowie den Heiligen Johannes Baptist, Erhard, Diepold und Barbara zur Erinnerung Hansen Schmidens gestiftet. Im Jahre 1516 wurde diese Stiftung von Lux Hutz neu dotiert und gebessert.[1] Dem verdankt das Werk seine Entstehung; es führte bis in unser Jahrhundert den Namen „Hutzenaltar" und das Wappen auf dem linken Flügel ist das der (bürgerlichen) Familie Hutz, nicht wie Grüneisen und Mauch angeben, das der Patrizierfamilie Hintfuss oder Hundfuss.[2] Als im Juni 1531 der Bildersturm ausbrach, wurde der Altar, vielleicht durch den Maler selbst, oder den noch lebenden Stifter, in eine Rumpelkammer der Bauhütte gerettet, wo er mehr als zweihundert Jahre blieb. Erst im vorigen Jahrhundert wurde man wieder auf ihn aufmerksam, und stellte ihn 1787 in der Barfüsserkirche auf. 1808 kam er dann an seine heutige Stelle, als Ersatz für den von Granvella im Jahre 1549 geweihten Notaltar. Möge das anmutige Werk hier seine dauernde Stätte gefunden haben, hier, in dem lichten und luftigen spätgothischen Chore lacht es uns in ungetrübter Lieblichkeit entgegen, und vereinigt sich mit seiner Umgebung zu

---

[1] Vgl. Transumpta der Pfründen und Stüfft an unser Frawen Pfarrkirchen allhier, darüber ein Löblicher Magistrat Lehen-Herr ist, p. CCLIJ, in dem Archiv der Stiftsverwaltung des Münsters; in Schweinsleder gebunden, römisch paginiert.

[2] Vgl. Alberti, württembergisches Adels- und Wappenbuch, pag. 364.

einem harmonischen Ganzen, wie heute nicht mehr allzuviele
Werke deutscher Kunst. Das nächste Datum, das sich auf Schaffner'schen Bildern
findet, ist 1524. Der Zwischenraum ist wohl darauf zurückzu-
führen, dass die Arbeit zu ihrer Ausführung mehrere Jahre in
Anspruch nahm. Es sind die vier wandgrossen, teilweise zwei-
seitig bemalten Tafeln, welche jetzt in der Pinakothek in München
aufgestellt sind. Sie gelten fälschlicher Weise als Orgelthüren aus
dem Kloster Wettenhausen (vgl. Katalog der Pinakothek); thatsächlich waren es die Flügel eines grossen Wandelaltares, welcher
als Hochaltar den Chor jenes Klosters schmückte: Altare novum
. . . . pro diversitate temporis juxta ritus Ecclesiasticos triforie
mutari aptum in novo Choro nostro magnis sumptibus aedificatum,
sagt die Wettenhauser Chronik.[1] Aus derselben Stelle geht hervor,
dass das geschnitzte Mittelstück die heilige Dreieinigkeit und die
Jungfrau Maria, die Innenseiten der Flügel, gleichfalls in Schnitzerei,
die Heiligen Georg und Augustinus zeigten, und auf der Rückseite des Schreines zu lesen stand: „Nach der Geburt Christi 1524
ward dies Werkh ufgericht zu Lob nnd Ehr Gott dem Allmäch-
tigen undt der Himmelkönig in Mariä Und allem Himmlischen Heer
durch den ehrwürdigen Herrn Probst Ulrich, den ersten diess Na-
mens Vollendet und gemacht durch Martin Schaffner, Mahler zu
Ulm 1524."

Bei geschlossenen Innenflügeln waren die vier, gegenwärtig
in der Gallerie ausgestellten Bilder zu sehen; sie zeigen von links
nach rechts: Mariä Verkündigung, die Darstellung im Tempel,
die Ausgiessung des heiligen Geistes und den Tod Mariä. Alle
vier Szenen spielen in Renaissancehallen mit weiten Ausblicken
auf kühn aufgebaute Städte, Burgen und baumreichen Landschaften. Eine wohlüberlegte Gesamtkomposition ist nicht zu
verkennen. Der Standpunkt des Beschauers ist vor der Teilungs-
linie der Innenflügel angenommen; von da aus sind die Innen-
räume der beiden linken Bilder in der Diagonale nach links, die
der rechten in der Diagonale nach rechts gesehen. Auf den
äussersten Flügeln entspricht sich die kniende Gestalt Maria's
die beidemale nach innen gewendet ist (auf der Verkündigung

---

[1] Tom. II, pag. 185, sub 1524, II.

halb nach rechts auf dem Tode halb nach links). Auf beiden
Bildern ist der Vorgang ziemlich nahe an die vordere Bildkante
gerückt, der Hintergrund ziemlich leer gelassen, während auf den
beiden Mittelbildern die handelnden Personen mehr im Raume
verteilt sind. Ebenso sind in den äussersten oberen Ecken die
Erscheinungen Gott Vaters, der die Jungfrau segnet und Christi,
der die Seele Mariä empfängt, symmetrisch angeordnet. Diese
strenge Komposition bildet ein beachtenswertes Merkmal der
Wandlung, welcher nicht nur unser Meister, sondern die ganze
Kunst seiner Zeit überhaupt unterworfen war.

Die Verkündigung ist nach dem gewöhnlichen nordischen
Schema: Maria in einem Kleid von Goldbrokat und blauem
Mantel, lauscht vor dem Betstuhl hingesunken in Ergebenheit
dem Spruche des Engels. Im Hintergrunde bereitet ein anderer
Engel das Bett, in der Landschaft sieht man die Szene der Heimsuchung. Auf der Darstellung im Tempel liegt das Kind in den
Armen des Priesters, die Angehörigen knien betend herum, dahinter steht auf einem Tisch die Bundeslade mit 2 Kerzen. Beide
Bilder zeigen neben dem Rotbraun, Dunkelgrün als zweite Hauptfarbe; bei den beiden folgenden tritt noch Grauviolett hinzu, eine
Ungleichheit in der allgemeinen Symmetrie, welche das abneh-
mende Interesse an der Farbe deutlich beweist. Bei der Herabkunft des Geistes sehen wir die Apostel im Kreise um Maria,
eine Szene voll ruhiger Ergebenheit, ohne dramatisches Leben.
Der Tod Mariä ist nach der schwäbischen Tradition dargestellt,
Maria liegt nicht im Bette, sondern sinkt im Knien zusammen,
von den weinenden Aposteln umringt. Die herkömmlichen Gestalten mit Gebetbuch, Weihwasserkessel, Rauchfass und Kreuz
fehlen auch hier nicht. Das Inkarnat ist überall sehr bleich, die
Modellierung fehlt bei manchen Frauenköpfen fast vollständig.
Die Schatten im Fleisch sind wie beim Ulmer Münsteraltar licht-
blau, nur in den Tiefen finden sich noch bräunliche Töne; ebenso
sind die Schlagschatten braun, allerdings sind dieselben auf den
beiden linken Bildern von späterer Hand beträchtlich vergrössert
und verstärkt. Die weissen Kleiderpartien sind grauviolett schat-
tiert, eine Eigentümlichkeit, die auch in der Folgezeit noch zu
beobachten ist. Merkwürdig ist die nachlässige Darstellung der
Stoffe; so trägt z. B. der Faltenwurf an dem goldenen Kleid

Mariä nicht den Charakter eines schweren Brokates, sondern den eines leichten Leinenstoffes. Auf den geschlossenen Aussenflügeln ist der Abschied Christi von seiner Mutter gemalt, in der Weise, dass Maria mit den Frauen die Rückseite der Verkündigung, Christus mit den Aposteln die Rückseite des Todes bildete. Die Szene spielt sich in einer felsigen Gegend ab, am Fusse eines alten mächtigen Baumes. Eine grosse Burg, ein weites von hohen Bergen umschlossenes Thal bilden den Hintergrund. Vorne rechts ist zum zweiten Male das Bildnis des knienden Probstes Ulrich, etwas gealtert, jedoch kaum verändert. Das Bild ist mit dünner Farbschicht flüchtig aufgetragen und heute sehr verdorben.

Man hat die Bilder schon oft Schaffner's beste Werke genannt; allein das Urteil aufrecht erhalten, hiesse doch die Bilder stark überschätzen. Eine gewisse zarte Anmut ist ja einzelnen Partien nicht abzusprechen, so vor allem den Frauenprofilen auf der Darstellung im Tempel; auch die im Sterben zusammensinkende gottergebene Maria hat etwas rührendes in ihrer stillen Lieblichkeit. Allein es fehlt den Bildern alles, um einen dauernden Eindruck zu hinterlassen. Kaum irgendwo tritt die Schaffner'sche Typik stärker hervor als hier, kaum irgendwo ist der Mangel individueller Züge grösser. Selbst die vielgerühmte Farbenpracht ist mit Vorsicht aufzunehmen. Die Verkündigung und Darstellung verdanken ihr leuchtendes Kolorit grossenteils der Hand eines Restaurators ; der grün und goldene Vorhang über der Maria und das leuchtende Brokatkleid des Priesters sind vollständig neu. Die übrigen Bilder zeigen dagegen schon wieder ein Nachlassen der Farbenfreude, einen Rückfall zu den stumpferen Tönen der früheren Periode. Am anziehendsten ist die grosse Landschaft der Aussenseiten, die durch ihre frische skizzenhafte Behandlung viel unmittelbarer und zufälliger wirkt, als die stark komponierten Innenseiten. Auch ist dort die Zeichnung richtig und einheitlich durchgeführt, während die Architektur der Innenseiten zu dem bedenklichsten gehört, was Schaffner je geleistet. (Auf der Darstellung sind mindestens vier verschiedene Augenpunkte!)

Der früher bei Grüneisen, Janitschek u. a. angenommene Aufenthalt Schaffners in Venedig scheint hauptsächlich durch diese

Bilder, besonders die reiche Ornamentierung der Thürstöcke und Pilaster begründet worden zu sein. Ich habe schon früher darauf hingewiesen, dass Beziehungen mit Venedig nicht nachweisbar sind; dies lässt sich auch hier aufrecht erhalten. Was hier an Ornamenten vorkommt, scheint weniger an Ort und Stelle studiert, als deutschen Stichen entnommen zu sein; alle Motive lassen sich in Burgkmair'schen Holzschnitten, vor allem aber in den Radierungen Daniel Hopfers mehr als einmal nachweisen. Selbst die Intarsien des Betstuhles und der Bettlade auf der Verkündigung brauchen nicht als italienische Erinnerung betrachtet zu werden, sie dürften vielmehr aus Ulm selber stammen, wo diese Art der Arbeit schon seit 1490 in der Werkstatt des jüngeren Sürlin bekannt war.

Aus derselben Periode sind noch zwei Bilderpaare erhalten, hohe schmale Flügel zu grundegegangener Altäre mit lebensgrossen heiligen Gestalten. Das eine Paar befindet sich in der Sakristei in Ulm: es stellt die heilige Anna selbdritt und Elisabeth dar. Die Figuren stehen auf Fliessenböden vor gemustertem Goldgrund, allein dieser letztere ist durch eine unten angesetzte grüne Franze als Brokatteppich charakterisiert. Auch das alte Schema der heiligen Anna selbdritt ist verlassen, Maria sitzt nicht als Kind auf dem Arm der Mutter, sondern steht als fast erwachsenes Mädchen neben ihr. Die Gewandfarben sind auf wenige ungebrochene Töne beschränkt, in breiten Flächen vorgetragen und von grosser Leuchtkraft. Auch das lange offene Haar der Maria ist ziemlich breit behandelt. Das Inkarnat ist blass, aber durch den Kontrast rötlichgelber Lichter und bläulicher Schatten von einer gewissen Lebendigkeit. Durch eine sehr fein durchdachte, fast raffinierte Anlage heller, vom Gold durch Konturen getrennter Randlichter heben sich die Figuren scharf vom Grunde ab. Dadurch ist eine Plastik erzielt, wie sie auf dem alle Raumwirkung fast vernichtenden Goldgrund wohl selten gelungen ist. Die beiden Bilder gehören zu den reifsten und tüchtigsten Leistungen des Meisters und legen ein gutes Zeugnis von seinem Können ab. Nicht das gleiche kann von den beiden anderen Bildern behauptet werden, welche aus der Sammlung Felix in das germanische Museum gelangten. Es sind die Heiligen Philippus und Jakobus, in ruhiger statuarischer Haltung vor rotbrauner Architektur stehend, nichtssagende Gestalten ohne Leben und Charakteristik. Sie werden wohl erst nach 1524 entstanden sein, während die beiden Ulmer Gestalten in ihrer lebensvoll einfachen Grösse und ihrem breiten Farbenvortrag noch dem Münsteralter näher stehen.

IV.

Wie schon oben erwähnt, zeigt sich hier, zwischen Schaffner's dritter und vierter Entwicklungsperiode, die empfindlichste Lücke. Es ist kein Werk, das etwa den Uebergang vermittelt; die magere Angabe, dass sein Name im Jahre 1527 im Ulmer Ratsprotokoll [1] erwähnt sein soll, hilft uns nicht weiter; wir finden ihn plötzlich stark verändert wieder, ohne den Weg verfolgen zu können.

Mit dem dritten Jahrzehnt war für die ganze deutsche Kunst überhaupt eine wichtige Wendung eingetreten. Auf ihre Vorboten habe ich schon früher, bei den Karlsruher Apostelköpfen, hingewiesen: Das steigende Interesse an der Richtigkeit der Form, und die langsame Abkehr von der Darstellung der Lichterscheinung. In dieser allgemeinen Fassung ist der Satz natürlich sehr anfechtbar ; haben doch manche Meister, vor allem der von Messkirch, noch bis in's vierte Jahrzehnt hinein diese letzteren Probleme verfolgt. Die Wandlung ging zunächst in einzelnen grossen Kunstzentren vor sich, besonders in Nürnberg und Augsburg, wo ein besonders enger Zusammenhang mit Italien vorhanden war. Denn das immer eingehendere Studium der Italiener war die Veranlassung zu derselben. Hiebei ist noch ein besonderer Umstand geltend zu machen. Die ersten Einflüsse, die von Süden nach Deutschland kamen, hatten Venedig und Padua zum Ausgangspunkt, und diese beiden Städte waren im Anfang des Jahrhunderts die Zielpunkte italienfahrender Maler. Dort standen aber gerade koloristische Bestrebungen im Vordergrunde, welche sich mit denen der Deutschen in mancher Hinsicht deckten. Seit der Mitte des zweiten Jahrzehnts ändert sich jedoch der Reiseweg der Nordländer : er führt von nun ab nach der Lombardei, zum Teil noch weiter nach Süden. Dadurch kommen

---

[1] Brulliot, a. a. O.

sie in Beziehung zu den Florentinern, die von jeher ziemlich schwache Koloristen, dafür um so genauere Kenner von Perspektive und Anatomie waren. Ein weiterer Sporn in dieser Richtung waren die Stiche Mark-Antons, die nunmehr als Vorbilder den Sieg über die Dürer'schen davon trugen. Endlich scheinen auch die Vlaminge in dieser Hinsicht Vermittler gewesen zu sein da sie ja schon viel früher in Beziehungen mit diesen Teilen Italiens getreten. Wenigstens hat Dürer die Eindrücke, unter denen er eines der bahnbrechenden Werke dieser neuen Kunst, die vier Apostel, schuf, gerade in den Niederlanden empfangen.

Eine charakteristische Folge dieser Wandlung in der Anschauungsweise ist das Verschwinden des Phantastischen, Romantischen, Wildleidenschaftlichen zu Gunsten einer ruhigen abgeklärten Gemessenheit. Die Zufälligkeiten, die der bisherigen Kunst einen so grossen Reiz verliehen, werden sorgsam vermieden, überall macht sich eine durchdachte Komposition geltend, die bisweilen schon ans Akademische streift. Ebenso tiefgreifend ist der Unterschied des Kolorits. Bisher hatte man die warmen Töne, insonderheit braun und gelb, bei der Bildung desselben bevorzugt; jetzt tritt eine offenkundige Vorliebe für kalte Töne, für Blau und Grau ein. Waren die ersteren zum Teil einer bewussten Anlehnung an die Venezianer entsprungen, so waren für letztere offenbar die Bergamasken und Lombarden, vor allem Moretto und Moroni, vorbildlich. Nun war die Aufgabe, welche sich die Kunst damit gestellt hatte, eine entschieden schwierige. Der „Silberton" erfordert ein viel schärferes Sehen und Beobachten, wie der „Goldton". Denn letzterer hat immer zu starken Kontrastwirkungen die kalten Töne zur Verfügung. Ersterer dagegen schliesst ein Arbeiten mit warmen Tönen völlig aus. Hier muss jede feine Nuance erfasst und ausgenützt werden, wenn nicht die Farbe jeden Anteil an der Raumbildung verlieren und das Gemälde zu einer farbigen Zeichnung herabsinken soll. Vor allem ist zu der Durchführung dieses Problems eine genaue Kenntnis der komplementären Farbenwirkungen nötig, welche dies ganze Zeitalter noch nicht besass. Eine weitere Voraussetzung ist ein eingehendes Studium der Veränderungen, welche die Lokalfarbe unter dem Lichteinfall erleidet, und zwar nicht nur durch grelles Sonnenlicht, sondern schon durch den geringsten Helligkeitsunterschied.

Gerade solche Studien lagen aber, wie oben erwähnt, der damaligen Richtung völlig fern; sie imitierte mehr oder minder gut, was andere Länder in dieser Hinsicht schon erreicht hatten, aber nur wenige bildeten es selbständig fort. Dies gilt in erster Linie von Christof Amberger, dessen feiner Silberton unser modernes Empfinden so sympathisch berührt; er weiss, ohne auf Farbenkontraste zu verzichten, alle Töne derart auf ein lichtes kühles Grau abzustimmen, dass der Gesamteindruck ein ungemein heller, jedoch harmonisch zusammenwirkender wird. Bei den meisten anderen ist jedoch das Resultat nur ein allmähliches Verblassen und Stumpfwerden des Kolorits. Metallisch hartes Grün, wie es die bayerischen Porträtisten Mielich und Schöpfer lieben, die graugelben Wolkengloriolen Osterndorfer'scher Madonnen, das blaurötliche Inkarnat später Bilder von Hans Baldung Grien sind charakteristische Erscheinungen hievon.

Technisch ist noch zu erwähnen, dass die Malweise eine breitere und trockenere wird, und das Nachhelfen mit Konturen und zeichnerischen Details verschwindet.

Prüfen wir nun die spärlich erhaltenen Alterswerke Schaffner's auf diese Gesichtspunkte hin, so finden wir ihn allerdings auf ähnlichen Bahnen wie seine jüngeren Zeitgenossen, jedoch nicht mit der gleichen Entschiedenheit wie diese. Der alternde Meister hatte nicht mehr Energie genug, sich einer ganz neuen Richtung anzupassen, er nimmt nur einzelne Elemente aus ihr auf, ohne das bisherige ganz aufzugeben. So begegnen wir in seinen letzten Bildern Naturstimmungen, wie man sie in diesen Jahren nicht mehr erwarten sollte. Andererseits kam der Wechsel des Geschmackes seiner Anlage bis zu einem gewissen Grade entgegen. Phantastik und dramatische Bewegung waren nie seine Sache gewesen, die gemessene Ruhe lag ihm von jeher viel näher. Auch das Lichterwerden des Kolorits lässt sich beobachten, jedoch nicht in dem Masse, dass es seine alte Leibfarbe, das Braun, völlig verdrängt hätte; bemerkenswert bleibt immerhin, dass das Braun bedeutend mehr kalte Töne enthält, wie früher. Den Anfang zu all dem haben wir schon in der vorigen Periode beobachtet; völlig neu dagegen sind jetzt Anklänge an die Antwerpener Schule in der Landschaft. Die lichteren graugrünen und blaugrünen Töne, mit denen er früher die Ferne darstellte, machen jetzt dem intensiven

Blau der Niederländer Platz; die Modellierung ist durch unvermittelt eingesetzte weisse, oft etwas kleinliche Lichter erzeugt. Auch in der Form ist die Aehnlichkeit unverkennbar. Zwar hat ihn sein offener Sinn für die Natur von den Unmöglichkeiten der Antwerpener, die wohl grösstenteils nie ein Gebirge gesehen hatten, glücklich bewahrt, allein die Unruhe und Zerrissenheit der Silhouette, die in scharfem Gegensatz zu der früheren Einfachheit steht, sowie die Bevorzugung steilansteigender Spitzen und schroffer Wände, zeigen eine unverkennbare Verwandtschaft mit jenen Meistern.

Freilich braucht deshalb noch nicht eine direkte Abhängigkeit, oder gar eine niederländische Reise angenommen zu werden. Die Antwerpener Richtung war schon längst am Niederrhein heimisch geworden, und ihre Kenntnis war auch in Oberdeutschland weit verbreitet. Man findet bei manchen anderen Landschaftern jener Zeit, wie bei Altdorfer und Feselen, ähnliche Züge, ohne deshalb eine direkte Abhängigkeit von den Niederländern annehmen zu müssen; die Anregungen sind wohl von dorther gekommen, allein sie trafen verwandte Bestrebungen in Oberdeutschland, und wurden hier selbständig weiter entwickelt. Uebersehen darf man allerdings nicht, dass bei Schaffner die Verwandtschaft noch weiter geht, wie bei den meisten seiner Zeitgenossen. So ist die bei ihm vorkommende Darstellung des Goldes mit gelber Farbe, die in Antwerpen schon längst allgemein gebräuchlich war, eine in Oberdeutschland ziemlich vereinzelte Erscheinung.

Den technischen Fortschritten war Schaffner nur bis zu einem gewissen Grade zugänglich, von eingezeichneten Konturen konnte er sich nie ganz trennen.

Das erste Werk aus dieser Epoche, das auf uns gekommen, ist das 1529 datierte Porträt einer Schad im Privatbesitz in München (Professor Freiherr von Habermann). Das Bild zeigt mit der Auffassung Ambergers eine grosse Verwandtschaft, vor allem in dem hellen Kolorit: der tote hellbraune Hintergrund ist freilich von den lichtbelebten Gründen jenes Malers, weit entfernt. Die Dargestellte, eine Frau in den mittleren Jahren, ist fast en face genommen; sie trägt einen gelben Pelzkragen, grüngemustertes Seidenkleid, und weisse Haube mit gestickter Borte und einem auf die linke Schulter fallenden Bande. Das Inkarnat ist leder-

artig gelb,[1] der Ausdruck wenig lebhaft; Grüneisen geht in seinem
Lobe zu weit, wenn er das Bild als ebenbürtiges Gegenstück zum
Eitel Besserer bezeichnet. Auffallend für Schaffner ist, das grosse
Format und die eingehende Behandlung der Hände; Pelzwerk und
Stoff zeigen jedoch zweifellos seine Hand, wie ein Vergleich na-
mentlich mit dem Alphäus auf dem Münsteraltar lehrt. Das Bildnis
war bis zum Anfang des Jahrhunderts im Schad'schen, später im
Leutrum'schen Besitz.

Ungefähr in dieselbe Zeit muss ein St. Georg gehören, der
aus Wettenhausen stammen soll und jetzt unter der Bezeichnung
„Oberdeutsch" um 1530 in der Schleissheimer Galerie hängt. Der
Heilige, in Goldrüstung auf einem stark verzeichneten Schimmel,
sprengt mit gezogenem Schwert auf den bereits von der Lanze
durchbohrten Drachen ein. Dahinter kniet die Jungfrau, in betender Stellung. Links ist die Burg mit dem Königspaare, umgeben von Wald, zu sehen, den Hintergrund bildet eine Alpen-
kette. Das Bild weist Züge auf, die an Schaffner erinnern, vor
allem sind die Zeichnung der Figuren ganz sein Eigentum. Anderes
ist ihm wieder ganz fremd, so der Tellernimbus des Heiligen, die
schwache Zeichnung der Ferne, vor allem das miserable Kolorit.
Jedenfalls ist die Ausführung nur schlechte Gesellenarbeit, wenn
auch Teile des Entwurfes von ihm selber stammen.

Ein drittes Werk ist wieder ein Bildnis, das zu seinen besten
Leistungen zählt. Es hängt in der Sakristei des Ulmer Münsters:
ein kräftiger Mann mit breiten derben Zügen, denen die dunklen
tiefliegenden Augen, die ziemlich gerade laufenden Augenbrauen
und die schmalen zusammengekniffenen Lippen einen Ausdruck
ernster Energie verleihen. Den Kopf deckt ein schwarzes, mit
Goldknebeln verziertes Barret, eine schwarze Pelzschaube zeigt
das Hemd und eine goldene Kette. Die auffallend gut modellierten
Hände liegen auf einer weissen Brüstung. Nach rückwärts blickt
man in eine sanft ansteigende Landschaft mit einer Tanne und
einer Trauerweide; die Farbe ist vorne braungrün, in der Ferne
tiefblau; an dem lichten Himmel schweben dunkle Wölkchen.
Auf der Rückseite der Tafel ist von einem Putto gehalten, ein

---

[1] Zum Teil ist dies auf Rechnung der stark eingeschlagenen Farbe
zu setzen.

Wappen,[1] darunter ein Vers, der besagt, der Dargestellte sei 43
Jahre alt, zum zweiten Male verheiratet und Vater von vier le-
benden und sechs verstorbenen Kindern, endlich das Datum 1530
Vf. sibencehen ovgsten es geschah."

Aus dem folgenden Jahr ist uns kein Bild erhalten ; es war
ein Jahr voll Sturm und Unruhe, für friedliche Arbeit eine
schlechte Zeit. Schon längst hatte die neue Lehre auch in Ulm
Anhänger gefunden, allein die Stadt trug noch Scheu, offen Par-
tei zu nehmen: die friedliche Reformation des Nordens hatte
vergebens Einlass begehrt. Jetzt aber pochten die Sendboten der
wilden helvetischen Neuerer an ihre Thore. Vergebens warnte
der Rat vor Uebereilung, vergebens sperrten sich der Bürgermei-
ster Leonhard Besserer und die Geschlechter dagegen. Im Früh-
jahr kamen Oekolampad, Buzer und Blarer nach Ulm und bald
bemächtigte sich aller eine gewaltige Erregung. Im Juni erreichte
sie ihren Höhepunkt; am 19. und 20. brach die Menge in das
Münster ein, zertrümmerte die Statuen und verteilte die Altäre
als Brennholz; nur die Familienkapellen und einige neue Stiftungen wurden gerettet. Nicht lange darnach wiederholte sich derselbe Vorgang in der Barfüsserkirche. Selbst das Wengenkloster,
das damals von den regulierten Chorherrn verlassen war, scheint
nicht ganz verschont geblieben zu sein. Damit war das Schicksal der Ulmer Kunst besiegelt. Mit dem Altarwerke war das
Hauptfeld ihrer Thätigkeit ihr genommen und sie ging einem
raschen Untergang entgegen. Als 18 Jahre später bei der Ein-
führung des Interims durch Karl V., der um diese Zeit selbst in
Ulm anwesend war, wieder ein Altarbild im Münster aufgestellt
und durch den Erzbischof Granvella von Mecheln geweiht wurde,
musste man ein Werk Schäuffelins nehmen. Ulmer Maler und
Ulmer Bilder waren aus Ulm verschwunden.

Interessant wäre es zu wissen, wie Schaffner zu dieser Bewegung sich stellte. Wir haben keine direkte Nachricht darüber;
allein eine Thatsache scheint Schlüsse zu gestatten. Wir treffen

---

[1] Feld 2 und 3 enthalten den Fisch im roten Grund, das Wappen
der von Kloch, genannt der von Offingen und Rissegg Biberacher Pa-
trizier und vorderösterreichische Lehensleute, vgl. Alberti, a. a. O. pag.
408. Ueber Feld 1 und 4 in schwarzem Feld ein Balken mit drei
Kugeln (Farbe unkenntlich) konnte ich keinen Aufschluss finden.

ihn schon im folgenden Jahre wieder mit einer grossen Aufgabe
in Wettenhausen beschäftigt, und zwar nicht unter seinem alten
Gönner Ulrich Hieber, der inzwischen gestorben war, sondern
unter dessen Nachfolger, dem streng katholischen Georg Theg.
Das scheint darauf hinzuweisen, dass er nicht auf Seite der Glau-
bensneuerer stand. Wenn er später auf dem Epitaph Willing
Bibelsprüche in Luthers Uebersetzung anbringt, so mag dies auf
eine direkte Bestellung der Auftraggeber zurück zu führen sein.

Das oben erwähnte Werk war eine Freske im Chor der
Wettenhauser Kirche, wo sich auch der Hochaltar des Meisters
befand. Ueber sein Schicksal berichtet die Chron. Wett.[1] pictura
haec cum oppositis literis suo loco integra et illaesa ... perman-
sit usque ad annum 1673, quae in renovatione chori albedine su-
per inducta omnino fuit velata. Neuerliche Nachforschungen nach
dem Original hatten kein Resultat; dagegen ist eine Kopie von
1673 im Kloster Wettenhausen erhalten. Der Vorwurf ist die
sagenhafte Gründung der Abtei durch die Roggensteiner. Die
drei Stifter, Frau Gertraut mit ihren Söhnen Conrad und Wernher,
knien links und bieten das Kirchenmodell der Madonna, die rechts
vor einem von Putten getragenen Teppich sitzt. Den Abschluss
bildet eine Burg auf hohem Berge, an deren Fuss neben einem
tief eingerissenen von gewölbtem Steg überspannten Wildbach
ein Maierhof steht; darüber erheben sich blaue Berge. Vorne
links kniet der Stifter Probst Georg. Das Ganze ist umrahmt
von einem grauen auf roten Säulen ruhenden Bogen. Nach der
Kopie zu schliessen war das Bild sehr kühl und bleich, die Figuren steif und ausdruckslos. Viel haben wir wohl an dem
Originale nicht verloren.

Um so bedeutsamer ist ein Werk, das die Jahreszahl 1533
trägt: Die bisher „Assmus Stedelin“ genannte Tischplatte in Kas-
sel. Der Name steht auf einem Zettel, den ein Kind emporhält,
am Schlusse des A. B. C in Cursivschrift; es dürfte wohl, wie
auch Dr. Eisenmann im Katalog annimmt, der Name des Bestel-
lers sein. Die Darstellung ist eine astrologisch philosophische
Allegorie; an jeder Tischseite sitzen sich zwei Figuren gegen-

---

[1] Tom. II, pag. 221, sub 1532, VI. Annotatio.

über, die Mitte nimmt der blaue Himmel ein. Von den Gestalten ist die erste Ptolemäus an seinem Arbeitspulte, die übrigen sieben sind Frauen, von denen jede gleichzeitig ein Gestirn, eine Farbe, ein Metall, einen Wochentag, eine Tugend und eine freie Kunst symbolisiert; ihre Bedeutung ist durch danebenstehende Verse auf Schriftrollen erklärt. Die Figuren sitzen auf einer Art grauer Plattform; dahinter sieht man, ohne verbindenden Mittelgrund, ferne Landschaften, mit Wiesen, alten Bäumen und hohen Bergen, Bauernhäusern und Burgen. Eine der letzteren, mit einem Maierhofe und einem überbrückten Wildbach, gleicht jener auf dem Wettenhausener Fresko. Das Schema der Allegorie und die Verse dazu sind dem Maler jedenfalls angegeben worden; der Dialekt und der Name „Stedelin" lassen auf eine Schweizer Bestellung schliessen. Die Tischplatte ist schon als solche beachtenswert, da ähnliche Stücke nur spärlich erhalten sind — meines Wissens nur jene von Holbein in Zürich, von Hans Sebald Beham in Paris, und von Hieronymus Bosch in Madrid. Allein sie zählt auch in dem Werk des Meisters zu den hervorragendsten Arbeiten. Die Farben sind, trotz des vielfach angewandten Grau und Blau, tief und leuchtend; der Vortrag ist breit, namentlich in der Landschaft wenig gezeichnet, dabei aber alle Details gut beobachtet. Ptolemäus, der alte würdige Gelehrte an seinem geschnitzten Arbeitspulte, umgeben von seinen Büchern, dem Globus und dem Lieblingshündchen, ist ein Genrebild reizvollster Art. Ungemein anziehend sind auch die gekrönte Frau mit einem nackten Kind an der Brust und einem anderen mit der Schreibtafel zu Füssen, im Motiv, das lebhaft an die Maria Salome des Münster-Altars erinnert, sowie ihr gegenüber das Mädchen, das sich mit geometrischen Studien beschäftigt. Der Unterschied zwischen der Jungfrau und der Mutter ist in beiden Gestalten sehr fein wiedergegeben. Die Landschaften erheben sich über das Durchschnittsmass deutscher Bilder. Grosse Wälder und mächtige einander überragende Gebirge verleihen ihnen eine gewisse Grossartigkeit, während sie durch reiche Staffage wie pflügende und säende Bauern, Jäger auf der Hirschhatz, arbeitende Schmiede und Wanderer zu Fuss und zu Pferde, in ungewöhnlichem Masse belebt ist. Der niederländische Einfluss macht sich in den dunkelblauen

Fernen deutlicher als sonst geltend: von dorther stammt auch die in Oberdeutschland ungewöhnliche Wiedergabe des Goldes durch gelbe, rotschattierte Farbe. Die Zuteilung an unseren Meister mag auf den ersten Blick befremdlich erscheinen und wir finden thatsächlich Züge, für die uns jede Analogie fehlt. Aber wir müssen bedenken, dass uns aus Schaffner's Spätzeit nur einige spärliche Reste erhalten sind — ausser dem vorliegenden nur drei eigenhändige Bilder, davon zwei Porträts, und das aus mehr als einem Jahrzehnt! Die teilweise sehr ungewöhnlichen Gewandfarben sind durch das Schema bedingt. Dagegen schliessen die Typen der Figuren, der Baumschlag, die etwas unruhigen weissen Lichter auf den Bergen, endlich die hervorgehobenen Uebereinstimmungen mit dem Münsteraltar und dem Wettenhausener Fresko jeden Zweifel an der Richtigkeit der Benennung aus.

Zwei Jahre später, 1535, begegnen wir Schaffner's letztem nachweisbaren Bilde, dem Votivbild des Sebastian Willing bei Geheimrat von Hefener-Alteneck in München; der Inschrift auf dem Originalrahmen nach muss es auf dem Grabe des bereits 1532 verstorbenen Willing gewesen sein. Es stellt die ganze Familie, unter einem von roten Säulen getragenen Bogen knieend dar: links der Vater mit den Söhnen, rechts die Mutter mit den Töchtern. Die Köpfe sind von wenig individueller Prägung, keiner, der sich besonders einprägte; freilich sind, wie die beigegebenen Totenschädel anzeigen, die meisten schon verstorben. Draussen sieht man eine weite Hügellandschaft mit einer Burg, Wäldern und fernen Bergen. Die Sonne ist schon untergegangen, es beginnt eben zu dämmern, nur der Himmel strahlt noch in lichtem Gelb und die Wolken in Purpurrot. In der oberen Hälfte des Gemäldes ist auf grauen Wolken Christus als Auferstandener im Purpurmantel, umgeben von den Engeln mit den Leidenswerkzeugen. Die Farben sind im allgemeinen sehr licht, vorwiegend grau, nur in der Landschaft herrschen dunkle, tiefe Töne. Dadurch erhält das ganze einen wenig harmonischen Charakter. Hingegen ist die Abendlandschaft allein betrachtet, sehr eigenartig und stimmungsvoll.

Aus den nächsten Jahren haben wir nur noch unsichere Notizen. Im Jahre 1538 soll Schaffner ein Porträt eines Mitgliedes

des Geheimrates in Auftrag erhalten, 1539 Bezahlung dafür
empfangen haben.[1] 1541 wird als sein Todesjahr angenommen,
da er später nicht mehr in den Bürgerbüchern vorkommt. Beweise für das alles habe ich nicht gefunden. Für uns ist das
Epitaph Willing der Abschluss von Schaffners Wirken. Und dazu
passt es auch vortrefflich. In seiner milden lichten Stimmung hat
es etwas ruhewünschendes, müdes, es ist wie das Lebewohl des
alternden Malers, der sich hinweg sehnt aus einer Zeit, der er
doch nicht mehr zu folgen im Stande ist.

V.

Fassen wir nun noch die Resultate ins Auge, die sich aus
einem Ueberblick über das Gesamtwerk ergeben. Schaffner war
weder ein kühner Bahnbrecher, noch eine scharf geprägte Individualität. Fremden Einflüssen blieb er bis an sein Lebensende
zugänglich; wir sehen ihn nacheinander unter dem Banne Burgkmair's, Dürer's und Schäuffelin's, der Italiener und der Antwerpener
stehen. Gleich seinem Lehrer Jörg Stocker kopiert er gerne
Stiche und Holzschnitte anderer Meister (Dürer, Lukas von Leyden,
Schäuffelin); nur in einem einzigen Falle benützt er, mit ziemlich
vielen Abweichungen, ein Bild (Lionardo's Abendmahl). Dem
entspricht auch, dass er seine eigenen Motive gerne wiederholt.
In der Architektur und Ornamentik bildet er sich einen nicht
allzugrossen Formenschatz, der zwar bis zu einem gewissen
Grade sein Eigentum ist, jedoch Anlehnungen an Burgkmair, und
später noch an Daniel Hopfer deutlich genug verrät.
Dem geringen Mass von Selbständigkeit entspricht auch die
geringe Kraft der Darstellung. Dramatisches Handeln ist in seinen
Bildern nirgends zu finden; er vermeidet geradezu Stoffe, die ihm
Anlass dazu geben. So hat er bezeichnender Weise unter all'
seinen biblischen Bildern den dramatischen Höhepunkt der Christus-
tragödie, die Kreuzigung nie dargestellt. Auch stark bewegte
Marterszenen aus Legenden fehlen bis auf eine einzige Ausnahme,
die Marter der Zehntausend; und diese ist nur schlechte Werkstatt-

---

[1] Brulliot, a. a. O.

Arbeit. Dort, wo er an einen dramatischen Vorwurf herantritt, wird derselbe unter seiner Hand zum Existenzbilde. So ist in dem zweimal dargestellten Abschied Christi von seiner Mutter die eigentlich bewegte Abschiedszene schon vorbei, Christus geht und lässt die halbohnmächtige Mutter in den Armen der Frauen zurück. In der Ausgiessung des Geistes ist nicht die Folge, die mächtige Ergriffenheit aller Anwesenden von der neuen Offenbarung, geschildert, sondern nur das thatenlose Erstaunen über den ungewöhnlichen Vorgang. Auch in der Auferstehung liegt nichts von der welterschütternden Gewalt dieses Sieges über den Tod, wie es bei anderen seiner Zeitgenossen in erster Linie bei Grünewald, einen so ergreifenden Ausdruck gefunden: Christus steht, schon auferstanden, vor dem Sarge, die Wächter schlummern, alles ist in tiefster Ruhe. Hier hat nun allerdings Schäuffelin Pathe gestanden. Von diesem stammt auch das stillergebene Weinen in Trauerszenen. Allein Schaffner hätte dies nicht übernommen, wenn es nicht verwandte Saiten in seinem Innern berührt hätte. Auch hat er das Saft- und Kraftlose dieser Auffassungsweise noch bedeutend verstärkt, und sich viel ausschliesslicher zu ihr bekannt, als sein Lehrmeister, dem der Sinn für Dramatik keineswegs fehlte. Er hat nur den Ausdruck entlehnt, die Empfindung war sein Eigentum.

Dies Empfinden wies ihn eigentlich nur auf das Existenzbild. Und auf diesem Gebiete hat er auch thatsächlich das beste geleistet. Die Flügel des Münsteraltares, die Heiligen der Sakristei des Münsters, die Figuren der Kasseler Tischplatte gehören hierher. Einen besonderen Reiz erhalten manche dieser Werke noch durch das Genrehafte, d. h. durch die Darstellung kleiner nebensächlicher Züge, welche zu der Erklärung des Vorganges nichts weiter beitragen, jedoch dadurch, dass sie oft beobachtete Begleiterscheinungen desselben bilden, ihn unserem Verständnis lebendiger und fasslicher machen. Wenn wir z. B. eine Frau mit zwei Knaben dargestellt finden, so werden wir zunächst annehmen, dass es eine Mutter mit ihren Kindern ist. Sehen wir nun aber, dass sie das eine Kind auf dem Schosse hält und herzt, während das andere stürmisch dieselbe Bevorzugung verlangt, so sind wir völlig überzeugt, und bilden uns gleichzeitig eine Vorstellung, wie diese Mutter mit ihren Kindern zu verkehren pflegt. Der Vor-

gang wird uns durch solche Züge menschlich näher gerückt, er
wird intimer. Dieser intime Charakter mancher Bilder ist einer
der hervorragendsten und bedeutsamsten Punkte in Schaffner's
Werk.

Die Vorliebe für das Genrehafte steht im engsten Zusammenhang mit zwei Eigenschaften, die sich weniger in den Figuren
selbst, als vor allem in deren Umgebung bemerklich machen : die
Gabe, die Natur bis in die feinsten Details zu beobachten und
wiederzugeben, und die Unfähigkeit, zu komponieren und zu
stilisieren. Letztere zeigt sich schon überall, wo er in seine Typik
verfällt, am fühlbarsten macht sie sich in seinen Architekturstücken.
Seine Renaissance-Innenräume, die er frei erfinden musste, weil in
Deutschland um jene Zeit noch nichts derartiges zu sehen war,
sind durchweg in der greulichsten Weise verzeichnet ; sie beweisen,
dass er noch nicht im Stande war, eine perspektivische Ansicht
nach theoretischen Regeln zu konstruieren. Seine Burgen und
Stadtansichten dagegen, die er jedenfalls nach der Natur studierte,
sind gut und richtig, bisweilen trefflich gezeichnet. Damit greifen
wir schon auf ein anderes Gebiet hinüber, auf dem sich seine
Naturbeobachtung aufs glänzendste bethätigte : auf die Landschaft.
Hier fühlt man sich fast versucht, etwas von Lokalkolorit zu reden:
die welligen Ufer von Donau und Iller, die tiefgefurchten Thäler
und schroff abfallenden burggekrönten Felsen des Jura und die
fernen Alpenketten: alles ist auf seinen Bildern leicht wiederzuerkennen. Selbst die eigentümlichen schwäbischen Häuser, bei
denen das Obergeschoss über das untere hervorragt, fehlen nicht.
Nur ein offenes Auge und ein liebevoll eingehendes Studium konnte
diese Werke schaffen, denen jedes eigenwillige Stilisieren und
Korrigieren der Natur völlig ferne liegt.

Dies alles würde genügen, um ihm unter dem Durchschnitt
damaliger deutscher Kunst einen guten Platz zu sichern; eine
höhere Bewertung verdient er jedoch in einer Beziehung: als
Bildnismaler. Hier kommen ihm die geringe Neigung zum Stilisieren und die Fähigkeit, sich fremder Individualität in hohem
Grade anzupassen, trefflich zu statten. Der Gegensatz zwischen
Architektur und Landschaft, oder vielmehr zwischen Konstruktion
und Beobachtung, zeigt sich auch hier im Vergleiche mit der
Typik: Er war nicht im Stande, einen Kopf mit persönlichem

Ausdruck für eine ihm überlieferte Gestalt zu schaffen, sehr wohl
jedoch ihn nachzuempfinden, wo es sich um die genaue Wiedergabe eines lebenden Modells handelt. Charakteristisch für seine
Bildnisse ist eine grosse Weichheit und Rundung der Form; wir
empfinden dies besonders, wenn wir fränkische Porträts, namentlich
solche von Dürer, neben den seinen betrachten. Hier finden wir
eine möglichst scharfe Wiedergabe der einzelnen Linien des Gesichtes, wobei nicht selten die kleineren und nebensächlicheren
zu Gunsten der besonders charakteristischen unterdrückt werden.
Dadurch erhält der Kopf einen hohen Grad von Ausdruck, allein
meist spricht die Persönlichkeit des Künstlers in weit stärkerem
Masse aus ihm, als die des Dargestellten. Ein solches Unter-
drücken einzelner Züge war Schaffner völlig fremd ; er bemüht
sich im Gegenteil, alles zu scharfe Hervortreten von Einzelheiten
zu vermeiden, dagegen alle Uebergänge, alle kleinen Ungleich-
heiten der Hauptfläche, Ueberschneidungen der Kontur, manchmal
sogar die verschiedenen Töne des Inkarnats genau darzustellen.
In seinen Jugendporträts führt dies bis zu einer Verwischung der
persönlichen Eigenart, allein später weiss er gerade dadurch eine
ausgesprochene individuelle Prägung seiner Bildnisse zu erreichen.
Uebrigens hat er diese Züge mit den übrigen schwäbischen Porträtisten gemein. Den Eitel Besserer habe ich oben schon ein
Meisterwerk deutscher Porträtkunst genannt ; auch die Personen
des Ulmer Münster-Altares sind in dieser Richtung eine bedeu-
tende Leistung. Die beiden Bildnisse des Ulrich Hieber als Stifter,
das Epitaph Anwyl und der dreiundvierzigjährige in der Ulmer
Sakristei reihen sich würdig an. Schwächer sind seine Frauen-
Bildnisse, so das der Schad, und die auf dem Epitaph Willing ;
die Maria Salomä hinwider ist hier eine rühmliche Ausnahme.
Jedenfalls sind seine Bildnisse der hervorragendste Teil seines
Werkes und stellen ihn Künstlern, wie dem älteren Holbein, Amberger und Strigel ebenbürtig zur Seite.

Eine Schule im eigentlichen Sinne hat Schaffner nicht hinterlassen. Was von späteren Malern in Ulm genannt wird, — darunter ein Ambrosi Schaffner, vermutlich Martin's Sohn — scheint
ganz bedeutungsvoll zu sein. Im Einzelnen lässt sich seine Einwirkung auf Zeitgenossen nicht verkennen. So sind wohl von
älteren, jedoch von ihm beeinflussten Malern die Beweinung Christi

im Ulmer Münster,[1] linkes Seitenschiff an dem vergitterten Eingang der Neythardt-Kapelle, sowie die Altarflügel[2] in Merklingen, O. A. Blaubeuren mit Kreuztragung, Auferstehung und Abschied Christi. Von einem ihm sehr nahestehenden Maler sind die Heiligen Rochus und Nikolaus[3] in der Stuttgarter Staatsgallerie, wiewohl bei letzterem der Zeitblom'sche Einfluss noch deutlich hervortritt. Von einem handwerksmässigen Nachahmer sind die Votivbilder gegen Krieg und Pest in Schleissheim.[4] Eine späte Nachwirkung ist die kalte stark verblasene Kreuzigung in der Blaubeurer Pfarrkirche.[5] Was sonst noch Schaffner zugeschrieben wird, hat mit Schaffner keine Beziehung; insbesondere stehen ihm alle quattrocentistischen Bilder völlig ferne.[6]

[1] Vgl. Kepler, Württembergs kirchliche Kunstaltertümer pag. 356 (dort «Martin Schaffner früheste Periode oder früherer Meister?»)

[2] Kepler a. a. O. pag. 37. Die Jahreszahl 1510 ist modern. Die Flügel scheinen jünger und weichen in Typik, Baumschlag und Kolorit erheblich von Schaffner ab. Die Predella ist von einer älteren Hand aus der Zeitblomschule. Die Schnitzerei hat mit dem Meister des Münster-Altares nichts zu thun.

[3] Die Bilder (Nikolaus heisst «Schaffner» Rochus «Schule Schaffner's») sind Gegenstücke, wie gleicher Hintergrund, gleiche Höhe der Figuren und Brüstung, gleiche Teller-Nymben beweisen. St. Rochus scheint unten und rechts beschnitten. Sie Schaffner selbst zuzuweisen, verbietet die Anlehnung an den Hausener Altar Zeitblom's (in der Altartümersammlung in Stuttgart) und das bei Schaffner nie vorhandene Lichtgrün des Mantels bei St. Nikolaus, sowie das von Schaffner's Typik völlig verschiedene Auge des heiligen Rochus.

[4] Die Bilder zeigen in den Gewandfarben eine weitgehende, zum Teil sehr glückliche Nachahmung von Schaffner's Palette. In den Köpfen ist die Aehnlichkeit nur eine geringe. Die Hände und ganz besonders der Baumschlag haben mit Schaffner gar nichts zu thun.

[5] Kepler a. a. O. pag. 31, dort «wahrscheinlich von Albrecht Altdorfer», mit dem das Bild jedoch nicht die geringste Verwandtschaft besitzt.

[6] Ueber die Jörg Stocker gehörenden Bilder siehe unten. Die Verkündigung im Museum zu Rottenburg ist von einem Zeitblom-Schüler um 1500. Eine Madonna in der Gallerie Lichtenstein ist rheinisch um 1450. Ein Triptychon in der Mauritius-Kapelle des Konstanzer-Domes (linkes Seitenschiff) von Kraus vermutungsweise dem Schaffner zugeschrieben (Badisches Inventar Bd. I, pag. 167) ist von einem Nachahmer Hans Baldung Grien's. (Letztere beiden Werke von A. Bayersdorfer richtig bestimmt.) Ein Votivbild mit der heiligen Sippe und zwei Nonnen in der Staatsgallerie in Stuttgart ist eine Handwerker-Arbeit aus der zweiten Hälfte des 16. Jahrhunderts (mit Oelfarbe auf Leinwand gemalt!) In der Altertümersammlung in Ulm befindet sich unter dem Namen Schaffner ein kleines Triptychon, auf dem in der Mitte Maria mit dem Leichnam Christi, auf den Flügeln stehende

Eine andere Nachwirkung dagegen darf nicht unerwähnt
bleiben. Geht man durch das alte Neubronner-Haus zu Ulm, das
jetzt dem Gewerbemuseum dient, so hat man fast das Gefühl, als
seien Schaffner's Phantasien zu Raum geworden. In den Stuck-
ornamenten der Decken, Friese und Supraporten kehrt sein ganzer
Formenschatz wieder, selbst die roten Säulen fehlen nicht in den
Thürumrahmungen. Ich kenne die anderen Ulmer Patrizierhäuser
nicht, weiss nicht einmal ob sie noch ihre alte Innendekoration
bewahrt haben. Allein man kann wohl mit Bestimmtheit sagen,
sie müssen ähnlich wie das Neubronnerhaus ausgesehen haben.
Und dass es so war, das ist unstreitig ein Verdienst Schaffner's.
Dem Ulmer Kunstgewerbe und dem Ulmer Geschmack Vermittler
und Lehrer der neuen Kunstrichtung zu Anfang des 16. Jahrhunderts gewesen zu sein — darin liegt meiner Ansicht nach die
hauptsächliche Bedeutung unseres Meisters.

Jörg Stocker.

Der strittigste Punkt in Schaffner's Werk war bisher das
grosse Altarwerk in Sigmaringen, das auf der Kreuzschleppung
den Namen des Künstlers zeigt.[1] Die Zuteilung wurde schon
bald aus stilkritischen Gründen angefochten, von anderen wieder
ein Zweifel an der Echtheit der Zeichnung für unzulässig erklärt.
Wenn man in neuerer Zeit versuchte, die Benennung stilkritisch
zu verteidigen, so entsprang dies wohl nur dem heissen Bemühen,
eine Lösung für das Rätsel zu finden. Was sich in dieser Hin-

Heilige vor Teppichen gemalt sind; es stammt aus der Erbacher-Mühle
bei Ulm. Das Werk wurde von dem Restaurator Dürr dermassen
übermalt, dass es wie ein Werk aus unserem Jahrhundert aussieht.
Auf einem Flügel befindet sich ein höchst verdächtiges Schaffner-Mono-
gramm. Ehe die Uebermalung entfernt ist, lässt sich stilkritisch gar
nichts darüber sagen.

[1] Grüneisen, der die Aussenseiten der Flügel nicht kannte, nimmt
das Werk für Schaffner aus stilkritischen Gründen und behauptet, nach-
träglich das Monogramm auf einer Giesskanne gefunden zu haben. Ich
konnte nichts ähnliches sehen; da das Monogramm 1514 zuerst vorkommt, so könnte es sich nur um eine plumpe Fälschung handeln.

sicht anführen lässt, beweist nur eine Schulverwandtschaft, die noch dazu ziemlich entfernt ist.

Einiges Licht kam erst in die Frage, als Pfarrer Probst im Archiv für christliche Kunst 1893, pag. 9 ff. auf einen in Ennetach bewahrten Holzstreifen aufmerksam machte, welcher vom unteren Rande eines Mittelschreines stamme und wahrscheinlich zu dem Sigmaringer Altarwerk gehöre. Amtsrichter a. D. Beck in Ravensburg stellte darauf in derselben Zeitschrift [1] zusammen, was ältere Ulmer Schriftsteller über Stocker gefunden haben, stellt jedoch gleichzeitig in Abrede, dass der Streifen zu dem Sigmaringer Altarwerk gehöre. Die Sigmaringer Gallerie schloss sich dieser Meinung an, indem sie den Streifen zwar ankaufte, dann aber ins Depot legte und die Sache auf sich beruhen liess.

Der Streifen, welcher gegen die Enden zu staffelweise schmäler wird, enthält eine Inschrift in gothischer Majuskel, gold auf blau: In der Mitte der dem Hymnus: Salve regina, daneben die Namen der (in Ennetach noch vorhandenen) Heiligen, in den schmalen Enden l.: Anno Dm. M° CCCC° LXXXXVI°; r: Jörg Stocker Maler hat dise Tafel vfgesezt vf St Jhohans (sic!) tag im Sumer 1496. Die Inschrift bezieht sich also auf die gemalten Flügel, nicht auf den Schrein. Es fragt sich nur ob diese mit den Sigmaringern identisch sind.

Ein Brief des schon hochbetagten Heiligenpflegers von Ennetach an die Gallerieverwaltung zu Sigmaringen besagt, der Schrein habe noch Anfang dieses Jahrhunderts existiert, von den Flügeln sei dort nichts mehr bekannt. Zufolge des Hofrat Lehner'schen Kataloges stammen die Flügel aus Pfullendorf, wohin sie aus Ennetach kamen. Die Angabe beruht jedenfalls auf einem mündlichen Bericht des Erwerbers, Herrn von Mayenfisch, welcher leider alle schriftlichen Erwerbsnachweise vor seinem Tode verbrannte. Sie findet eine starke Stütze in den Massen. Der Streifen ist nämlich 3 m. 13,5 cm. lang; die Breite der Aussenflügel ist innerhalb des neuen (ziemlich breiten) Rahmens: l.

---

1 1893 pag. 37. Welchen Wert die Ausführungen des genannten Herrn haben, beweist schon das, dass er nichts von den Knorringer Marienbildern im Augsburger Dom wusste, wohl aber Dr. Scheibler beschuldigte, den Weingärtner Altar Holbeins des Aelteren dem Meister des Sigmaringer Altars zugeschrieben zu haben!!

1,47 m., r. 1,48 m. Es bleibt also eine Differenz von 18,5 cm. Rechnet man bei den alten Rahmen auf die äusseren Leisten je 5 cm., auf die übereinander greifenden Mittelleisten zusammen 8,5 cm. — Grössen, die dem gewöhnlichen Gebrauche ungefähr entsprechen —, so ist die Differenz damit erklärt.

Wir haben aber noch weitere Beweise. Grüneisen und Mauch führen unter den urkundlich gemeldeten Werken Stocker's ein Epitaph Neythardt auf und sagen, dies sei in der Neythardt-Kapelle erhalten, stelle eine Pietà dar, und sei 1491 datiert. Das Bild hat mit den Sigmaringer Bildern nichts zu schaffen. Wie jedoch aus der Stelle hervorgeht, ist die Zuteilung nur eine Ansicht der Verfasser, die wohl auf der irrigen Annahme beruht, Stocker sei 1495 gestorben. Dagegen ist in der Neythardt-Kapelle ein anderes Epitaph für den 1509 verstorbenen Heinrich Neythardt, welches von derselben Hand wie die Sigmaringer Bilder herrührt.

Wir können also zweimal, auf Grund völlig von einander unabhängiger Quellen, beidemale nicht unbedingt sicher, aber sehr wahrscheinlich, Werke derselben Hand mit dem Maler Jörg Stocker in Verbindung bringen. Ich glaube, das reicht hin, um die Autorschaft des Meisters ausser Zweifel zu stellen.

Ueber die Persönlichkeit des Malers wird uns folgendes berichtet: Montag nach St. Jörgentag 1491 bittet er, das Altarwerk, zu dem Graf Endress von Sonnenberg die Visierung bestellt hat, ausführen zu dürfen. Die Grafen von Sonnenberg waren damals Besitzer der Herrschaft Scheer, zu der auch Ennetach gehörte. Freitag nach Oswald 1495 bittet er um eine Anmahnung bei Wilhelm von Stotzingen, dessen Heiligenpfleger zu Dischingen ihm für einen Altar 80 fl. schuldet.[1] 1508 steht sein Name im Bürgerbuch.[2]

Die Kunstweise Jörg Stockers ist leicht wiederzuerkennen. Schlanke Figuren — bei den Frauen von der dem damaligen Geschmack entsprechenden Fleischlosigkeit — gebogene, an der Spitze etwas überhängende Nasen, lange, krallenartige Finger, das

---

[1] Notizen bei Georg Fischer, Geschichte der Stadt Ulm, 1836, pag. 237 f. mit der Provenienz-Angabe: «Alte Handschrift.» Auch Grüneisen und Mauch kannten diese Daten.
[2] Jäger, Ulm im Mittelalter, pag. 584.

sind die Hauptmerkmale. In den Farben bevorzugt er ein lichtes,
oft giftiges Grün, das er mit seinen Ulmer Zeitgenossen, besonders
dem sogenannten „Meister von Sigmaringen" gemein hat, sowie
ein grauliches Carmin, das diesen völlig fremd ist und an die
Schongauerschule erinnert. In der Landschaft fallen Bäume auf,
die aus federartig um die Zweige gefügten kleinen Häckchen
bestehen. Auch der aus Schongauer's Stichen entnommene
kahle Baum ist ein oft verwendetes Motiv.

Sein frühestes erhaltenes Werk ist das zu Sigmaringen von
1496. Die Aussenseiten der Aussenflügel sind schon oben behandelt; auf ihnen ist nur das Porträt des Grafen Andreas Sonnenberg von Stocker selbst, nebenbei eine seiner besten Leistungen. Im Verein mit den Stifterbildnissen des Epitaph Neythardt scheint es zu bestätigen, was ich oben von den Schwaben
als Bildnismalern sagte. Bei geöffneten Aussenflügeln sind die
Verkündigung, die Geburt Christi, die Beschneidung und die Anbetung der Könige zu sehen. Sämtliche Bilder sind stark übermalt. Ueber die Auffassung ist nicht viel zu sagen. Sie setzt
sich aus der gewöhnlichen Typik der Ulmer und Reminiszenzen
aus Schongauer zusammen. Maria trägt stets das bei den Ulmern
herkömmliche Brokatkleid mit dunkelblauem Mantel. In der
Verkündigung erinnern die beiden Figuren an Schongauer B. 1
und 2; die Umgebung ist ein rosafarbener gothischer Innenraum,
mit einem ganz rudimentären Versuch einer Beleuchtungswirkung.
Auf der Geburt kniet das Elternpaar vor dem von drei Engeln
auf einem Tuche getragenen Kinde; im Hintergrund fliegt ein
Engel zu den Hirten herab, ein auch später wiederkehrendes
Motiv. Die Beschneidung ist das einzige Bild, dem die Landschaft fehlt. Es stellt einen gothischen mehrfach durch Teppiche
durchgeteilten Innenraum dar. Auf dem Kleidsaume des Beschnei-
ders steht in gothischer Majuskel das ganze A. B. C, und dahinter das kaum zu erklärende Wort „Wielan", ein Seitenstück zu
dem Schaffner-Namen auf dem Saume Christi. Ueberhaupt sind
die Säume vielfach mit Bibelsprüchen und zusammenhangslosen
Buchstaben geschmückt; sie zeigen durchweg dieselben Charaktere
wie die Inschrift des Ennetacher Streifens, also ein neuer Beweis.
Auf der Anbetung der Könige ist das riesige, im Hintergrund
verteilte Gefolge etwas ungewöhnliches.

Dem Ennetacher Altar am nächsten stehen die vier Marien-
bilder, welche aus dem Dorf Knorringen bei Günzburg in den
Augsburger Dom gekommen sind. Schon längst hat Dr. Scheibler diese Zusammengehörigkeit erkannt;[1] später wollte Daniel
Burgkhardt[2] die Augsburger Bilder für Ludwig Schongauer in
Anspruch nehmen, wohl nur auf Grund der in Stockers ganzem
Werke zu erkennenden Schulverwandtschaft. Die Bilder sind
vermutlich die zersägten Flügel eines Altares, wobei Geburt Christi
und Anbetung der Könige die Innenseiten, Tod und Krönung
Maria die Aussenseiten bildeten; nur erstere beide sind auf Goldgrund. Schongauer ist wieder stark ausgenutzt. Auf der Geburt
erinnern Mutter und Kind an B 4, der Marientod ist ganz nach
B 33. Im Hintergrund der Geburt kehrt der herabfliegende Engel
wieder. Die Landschaft ist sorgfältiger behandelt als in Sigmaringen, die giftgrünen Flächen sind durch ein wärmeres Braungrün ersetzt.

Das letzte Werk liegt zehn Jahre nach dem Vorgenannten:
das genannte Epitaph der Neythardt-Kapelle. Es trägt auf seiner
unteren Rahmenleiste die Inschrift: an. dom. 1509 an sant pan-
cracius tag starb der from Erber vnd weis heinrich Neytthartt
der zeyt der Elter dem Gott gnädig und Barmherzig sei. Damit
ist das Bild allerdings nicht sicher auf dieses Jahr datiert, es kann
schon bei Lebzeiten des Verstorbenen gemalt sein: die ungefähre
Zeit der Entstehung ist jedenfalls bestimmt. Das Bild passt der
Form nach in den unregelmässigen Spitzbogen, unter dem es
jetzt steht, und ist durch eine Rahmenleiste in die Lünette und
eine rechteckige Bildfläche geteilt. Auf ersterer ist Christus als
Weltenrichter, auf der Erdkugel thronend, zwischen Maria und
Johannes dem Täufer, auf hellblauem Grunde. Die letztere ist
in neun, in zwei Reihen übereinander angeordnete Felder geteilt,
und enthält, von links oben nach rechts unten aufgezählt: Joa-
chim und Anna an der goldenen Pforte, Geburt Mariä, Darstellung Mariä, Verkündigung, Bildnis des Stifters, Heimsuchung, Darstellung Christi, Mariä Himmelfahrt, Bildnis der Stifterin. Die
Farben sind dünn und flüchtig auf wenig grundiertes Holz auf-

---

[1] Vgl. Katalog der Gallerie zu Sigmaringen, von Hofrat Lehner.
[2] Schongauer und seine Schule am Oberrhein.

getragen und fast völlig verdorben. Brokat und Karmin sind
bis auf wenige Reste zerstört; das Lichtgrün scheint auf einem
Mantel in der Geburt Mariä vorhanden gewesen zu sein. Die
Typik und der Baumschlag lassen die Hand des Meisters noch
sicher bestimmen. Am besten sind die Bildnisse des Stifters und
der Stifterin, die beide in schwarzer Kleidung, gegen die Bild-
mitte gewandt, in gothischen Kapellen knien.

Weitere Werke Stockers nachzuweisen ist mir nicht gelungen.
In der Pfarrkirche zu Oberstadion, O. A. Ehingen befindet sich
ein kleiner schon Grüneisen und Mauch bekannter Altar mit der
Inschrift: Jörg Stocker fec. 1520. Auf den Aussenseiten der
Flügel ist ein heiliger Michael; alles andere ist Schnitzerei. Die
Zeichnung auf der Seitenwand des Schreines stammt aus dem
vorigen, wenn nicht aus dem Anfang dieses Jahrhunderts; möglich, dass sie echte alte ersetzt hat. Mit unserem Stocker hat
das Bild nichts zu thun. In Privatbesitz in Regensburg befinden
sich zwei aus Obermarchthal bei Ehingen stammende Altarflügel
mit der Geburt und Darstellung Christi, der heiligen Anna selbdritt und Elisabeth, nebst der dazu gehörigen Staffel mit den 4
Kirchenvätern, welche von Bayersdorfer für Schaffner in Anspruch
genommen wurde; das Mittelstück dazu hat Bayersdorfer im
Kloster Strahow gesehen. Das Werk hat Züge sowohl mit
Schaffner als auch mit Stocker gemein, seltsamer Weise aber
lauter Züge, die den beiden nicht gemeinsam sind, wie die gera-
den Profile des ersteren, die krallenartigen Finger des letzteren;
es kann daher keinem von beiden zugewiesen werden. Jedenfalls ist es in Ulm um 1500 entstanden. Im Diözesanmuseum
zu Rottenburg werden Nr. 55 und 56 bezeichnet als „vom Meister der Marienbilder im Augsburger Dom" Nr. 35 als „in der
Art dieses Meisters". Erstere Bilder je drei stehende Heilige vor
Brokatteppichen, scheinen mir der Spätzeit desselben Meisters an-
zugehören, aus dessen Frühzeit die Bilder Nr. 10 und 11 (stehende Heiligenpaare) in Donaueschingen, sowie die heilige Dorothea und Ottilia in Oberstadion (links des Chores) stammen.
Nr. 35, eine fragmentarische Anbetung der Könige, ist eine unter-
geordnete Handwerker-Arbeit, bei der von einer Bestimmung
nicht die Rede sein kann.

Die Herkunft Stockers ist aus seinem Werke leicht zu fol-

gern: er war zu Ulm ein Schüler Zeitblom's, dann auf der Wanderschaft in der Schongauer-Werkstatt zu Colmar. Seine Er-
findungsgabe war keine sehr grosse; Motive aus Schongauer sind
zeitlebens sein bestes Teil. Eine Bereicherung hat die Kunstgeschichte durch seine Wiederentdeckung nicht erfahren.

———

Katalog der Werke Schaffner's.

(Brulliot: Kunstblatt vom 8. August 1822. Grüneisen und Mauch: Ulm's Kunstleben im Mittelalter, Ulm 1840. Woltmann: Geschichte der Malerei. Janitschek: Geschichte der deutschen Malerei. Lübke: Deutsche Kunst.)

———

A. Gemälde.

I. Periode: Vor 1510.

1. *Museum in Sigmaringen.*

Kreuzschleppung; teilweise. Kopie nach Schongauer B. 21; auf zwei Flügel verteilt. Linker Flügel: Christus ist unter dem Kreuze gestürzt, umringt von Schergen, die ihn zerren und schlagen. Hinter der Gruppe Pilatus zu Pferd und ein Geharnischter zu Fuss. Links der Zug mit den beiden Schächern, sich in das Licht hineinbewegend. Rechter Flügel: Ende des Kreuzesstammes, davor ein Scherge, der einen Strick zum Schlagen schwingt. Dahinter eine Gruppe von Pharisäern, unter ihnen Graf Andreas von Sonnenberg als Stifter. Rechts Maria, Veronika mit dem Schweisstuch und andere Frauen, ferner Johannes. Hintergrund die Mauern von Jerusalem mit einem Thore, sowie felsige Hügel.

Auf Christi Mantelsaum: Martin Schaffner M. in gothischer

Majuskel. Von Schaffner der linke Flügel ausser Pilatus und dem Geharnischten. Werkstattarbeit in der Werkstatt Stockers, von 1496.

Reproduktion in: E. Bilharz, Fünfzig der bedeutenderen Gemälde des Museums in Sigmaringen in Photographien, Stuttgart, E. Ebner, 1868.

Jeder Flügel 2,05 m. hoch, rechter 1,48, linker 1.47 m. breit. Holz. rechteckig.

2. *Germanisches Museum Nürnberg.*

Anbetung der drei Könige. Maria, in Brokatkleid und grünlich-blauem Mantel, das Kind auf dem Schosse, sitzt vor einer Renaissance-Ruine; links kniet anbetend ein alter König in rotem Hermelinmantel; neben diesem der Mohr, in Brokatwams und weissem, blaugrün karriertem Mantel; rechts, einige Stufen heraufsteigend, der dritte König, in dunkelgrünem Ober- und dunkelrotem Unterkleid. In der Ruine Ochs und Esel unter einem Bretterdach, daneben tritt Joseph aus einem Thore. Rechts ein ummauerter Hof mit zwei Thoren, links über Hausdächer weg ein Ausblick auf einen Stadtplatz und ferne Berge. Helles Sonnenlicht von links her.

Bezeichnet M S M 3 V auf einem Thürsturz rechts. Vor 1508. Holz, 0,78 m. hoch, 0,87 m. breit, rechteckig.

Reproduziert im klassischen Bilderschatz Nr. 1024. Alte Kopie in Heiligkreuzthal, O. A. Riedlingen, Württemberg. 1616. Gemalt vermutlich für Heiligkreuzthal.

Aus der Sammlung Wallerstein in bayerischem Staatsbesitz.

3. *Klosterkirche Heiligkreuzthal. 2. Pfeiler links.*

Predella. Vier Putten in Grisaille, von denen je zwei eine Inschrifttafel mit lateinischen Distichen auf die Anbetung der drei Könige in gothischer Minuskel halten; dazwischen drei Wappen in Farbe.

Unbezeichnet, undatiert.

Vermutlich Predella zu 2. Holz, 0,87 m. breit, 0,16 m. hoch; rechteckig.

4. *Alte Pinakothek München, Nr. 218.*

Bildnis des Wolfgang Oettingen. Der Dargestellte, ein bartloser Mann, nahezu en face, trägt eine Brokatmütze, schwarz-

seidene Schaube mit braunem Pelzbesatz, rotbraunes Unterkleid
und Goldkette; in den Händen Rosenkranz und Schriftrolle. Blaugrüner Hintergrund mit Landschaft und Jagdszenen in Gold. Inschrift über dem Kopfe, in gothischen Lettern. Sum wolfgang' ego
comes ex otting bene natus, Quinquaginta duos phebus mihi sus-
tulit Annos. Me quum solis equi petierunt cornna Tauri Martinus
schaffner mira depinxerat arte. 1508.
Holz, 0,45. m hoch, 0,29 m. breit; rechteckig.
Photographie von Bruckmann.
Aus der Sammlung Wallerstein in bayerischem Staatsbesitz
gelangt.
Bei Brulliot, Lübke, Woltmann, Janitschek.

5. *Nürnberg, Burg, 178.*

Bildnis eines Mannes. Der Dargestellte, bartlos, im mittleren
Alter, nahezu en face, trägt Brokatmütze, schwarze Schaube mit
braunem Pelzbesatz und braunrotes Unterkleid. Blaugrüner Grund.
Unbezeichnet, undatiert.
Holz, 0,34 m. hoch, 0,24 m. breit, rechteckig.
Herkunft unbekannt.
Bestimmung von Dr. II. A. Schmid.

6. *Altertümer-Sammlung, Stuttgart.*

Ausgiessung des heiligen Geistes. In offener Renaissancehalle
sitzt Maria, in grünlichblauem Gewande und weissem Kopftuche
um sie her knieen, sitzen und stehen die 12 Apostel, in grünlich-
blauen, gelbgrünen, gelbbraunen, rotbraunen und graublauen Gewändern. Die Halle ruht auf drei rotbraunen Säulen mit grauen
Kapitellen. Rückwärts ein ummauerter Hof, durch dessen Thor
man in einen zweiten Hof, und weiterhin in eine flache Gegend
blickt. Rechts rückwärts Durchblick durch eine Thüre in ein
anderes kleines Gemach. Der Hintergrund in hellem Sonnenschein
von rechts her. Oben die Taube in goldenem Strahlenkranz und
gelber rotumsäumter Gloriole. Rechts unten zwei Wappen, davon
das linke das Schäler'sche, sowie die Helmzier der Schäler.
Ungezeichnet. Datiert 1510.
Holz 1,44 m. hoch, 1,11 m. breit; rechteckig.
Photographiert von F. Höfle in Augsburg.

Gemalt für die Deutschordenskirche in Ulm. Aus dem Besitz des Professor Hassler in Ulm 1863 in die Altertümersammlung. Restauriert anfangs des Jahrhunderts durch Pflug in Biberach.

II. Periode. 1511—1519.

7. *Sammlung Hainauer, Berlin.*

Die Heiligen Andreas, Lucas, Marcus, Gregor auf vier Tafeln. Andreas mit weissem Bart, blaugrauem Unterkleid, dunkelrotem Mantel, mit dem Andreaskreuz, gemusterter Goldgrund. Lucas, bartlos, in blaugrünem Unterkleid, roten Mantel und Mütze, in einem Buche lesend; zu Füssen der Stier. Abgesägte Rückseite des Andreas. Markus, bartlos, in rotem gemusterten Unterkleid, rotem Mantel, grüner Mütze, mit Buch, zu Füssen der Löwe. Abgesägte Rückseite des Gregor. Lukas und Markus vor Brokatteppichen, auf blaugrünem Grund, auf dem zusammenhängende ornamentale Zweige in Gold angebracht sind. Gregor, im päpstlichen Ornat und grünem rotgefüttertem Mantel, in einem Buche lesend. Goldgrund; sämmtliche Tafeln vielfach übermalt.

Unbezeichnet, undatiert.

Vor 1514.

Holz, jede Tafel 1,08 m. hoch, 0,22 m. breit; rechteckig.

Reproduziert im klassischen Bilderschatz Nr. 599; dort richtig benannt, in der Sammlung Grünewald. Herkunft unbekannt.

8. *Dom zu Augsburg, dritte Kapelle im Chorumgang.*

Allerheiligen-Altar mit zwei gemalten Flügelpaaren, das kleinere oberhalb des grösseren:

a) R e c h t e r   u n t e r e r   F l ü g e l: Vorderseite: Die vierzehn Nothelfer, stehend auf Steinfliessen; im Vordergrunde: links die heilige Katharina und Margaretha, dicht dahinter Barbara, in der Mitte die Bischöfe Erasmus und Dionysius, rechts St. Georg. Von den übrigen nur Köpfe oder Teile des Kopfes sichtbar. Gemusterter Goldgrund. Rückseite: Der heilige Hieronymus, mit weissem Bart, in grauviolettem Mantel, bis zur Hüfte nackt, kasteit sich mit einem Steine vor einem in einen hohlen Baum gesteckten Kruzifixe; daneben ein vereinzelter hoher Baum. Hintergrund ein grosser See, an seinen Ufern steile Berge, Wälder,

Burgen und Städte. Der Heilige eine Kopie nach Dürers Kupferstich. B. 61.

b) Linker unterer Flügel: Vorderseite: Die Marter der Zehntausend. In der Mitte werden die Märtyrer nackt vom Felsen gestürzt, vorne liegen einige an Dornen gespiesst. Im Hintergrund werden sie rechts mit dem Schwert enthauptet und ertränkt, links auf der Höhe gekreuzigt und erschlagen. Links vorne Sapor mit einem Ritter, dahinter nur stückweise sichtbar drei Lanzknechte. Davor ein Zettel: X^M Martires, an dem ein Hund zerrt. Rückseite: Die Messe des heiligen Gregor. Vor einem schief ins Bild gestellten Altar kniet der Heilige in Puviala, rechts und links zwei Priester in der Dalmatika. Auf dem Altare der Schmerzensmann mit blutenden Wunden, davor Kelch und Patenne, rechts und links Leuchter mit Kerzen, dahinter die Marterwerkzeuge. An der linken Schmalseite des Altares ein Kardinal, der Kreuz und Tiara hält, zwei Bischöfe und ein Priester. Hinter ihnen führt eine Thüre mit roten Säulen und reichverziertem Tympanon in einen ummauerten Hof.

c) Rechter oberer Flügel: Innenseite: Vier Reihen von Heiligen übereinander, Halbfiguren auf Wolken in verschieden farbigen Kleidern. Oben Propheten in gelb, dann Jungfrauen in weiss, dann Ritter in Stahlrüstungen und roten Mänteln, unten Frauen in schwarzgrün-Goldgrund. Aussenseite: Die Heiligen Dorothea und Appolonia, übereinander, vor Teppichen stehend.

d) Linker oberer Flügel: Innenseite: In gleicher Anordnung wie rechts, oben Propheten in gelb, dann Märtyrer in rot, dann Bischöfe in grün, unten Könige in schwarzgrün. Goldgrund. Aussenseite: Die heilige Ursula und Agnes, übereinander vor Teppichen stehend.

Werkstattarbeiten; unbezeichnet und undatiert.

Vor 1514.

Holz, untere Flügel, 1,19 m. hoch, 0,665 m. breit; oben 1 m. hoch, 0,30 m. breit; rechteckig. Die unteren Flügel von F. Höfle in Augsburg photographiert.

Herkunft unbekannt.

Bestimmung von Dr. H. A. Schmid.

9. *Wasseralfingen, O. A. Aalen, Würtemberg, alte Kirche.*

Altar mit zwei Flügelpaaren, einem feststehenden und einem beweglichen, und Predella; Mittelstück Schnitzerei von fremder Hand.

a) Rechter beweglicher Flügel: St. Johannes der Täufer, bärtig, in braunem Fell und weissem Mantel, in der Linken ein Buch, darauf das Lamm, mit der rechten darauf zeigend. Gemusterter Goldgrund. Aussenseite: Heilige Katharina, in blauem Kleid und rotem Mantel; Brokatteppich, darüber blauer Grund, sehr verdorben.

b) Linker Flügel: Innenseite: Die heilige Anna, in rotbraunem Mantel, braungrünem Ober- und graugrünem Unterkleid, auf dem rechten Arme das nackte Christkind, auf dem linken St. Maria, in blaugrünem Kleide und Goldkrone. Aussenseite: Die heilige Margareta, in dunkelgrünem Kleide; Brokatteppich und blauer Grund; sehr verdorben.

c) Rechter fester Flügel: Der heilige Georg, in Stahlrüstung und Purpurmantel, mit der Lanze, zu Füssen der Drache. Brokatteppich und blauer Grund. Rückseite: Engel mit Marterwerkzeugen, auf braunem Grund, kaum mehr zu erkennen.

d) Linker fester Flügel: Der heilige Christoforus in dunkelrotem Gewande, vor Brokatteppich und blauem Grund. Rückseite wie rechts.

e) Staffel: In der Mitte St. Ursula in dunkelgrünem Kleid und weissem Mantel, gekrönt, zwei Pfeile in der Hand rechts St. Petrus, links St. Paulus, beide in graublauem Rock und braunrotem Mantel. Halbfiguren auf Goldgrund.

Auf der Rückseite des Schreines Reste von Malerei, bis zur Unkenntlichkeit verdorben.

Unbezeichnet, undatiert.

Vor 1514.

Gestiftet von Wolf von Ahelfingen; das Wappen von dessen dritter Frau, einer Rechberg vermutlich späterer Zusatz. Der Altar wurde 1832 umgebaut, hiebei die Staffel in den Schrein und ein Teil der Schnitzerei (zwei schwebende Engel) in den Aufsatz versetzt.

Holz, die beweglichen Flügel 1,48 m. hoch, 0,49 m. breit,

5

die festen 1,48 m. hoch, 0,37 m. breit, die Staffel 45 cm. hoch,
95 cm. breit. Die Flügel oben im halben Spitzbogen geschlossen.
Erwähnt von Grüneisen, Verhandlungen des Vereins für
Kunst in Ulm. Jahrgang 1846; Woltmann.

10. *Altertümersammlung, Stuttgart.*

Votivbild der Familie Anwyl. Sechs Angehörige der Familie
Anwyl, vier männliche und zwei weibliche, knien hintereinander.
Der erste ist ein älterer Mann, in reich vergoldeter Rüstung
und eine Goldkette auf der Brust. Vor ihm das Wappen Anwyl.
Unterschrift: Herr Fritz Jakob von anwyl, Ritter starb ano dmi.
1532 des monots Nobr a. 14 tag. lyt hie begraben.

Der nächste, ein blondlockiger Jüngling, in dunkelrotem Rock
mit dem Johanniterkreuz über der Stahlrüstung, auf dem Rücken
ein Federbarett, um die Brust eine Goldkette, die Hände ausge-
breitet, rechts von ihm das Wappen. Unterschrift: Herr Walter
von anwyl sant Johansorden ain Ritter, starb ano dm. 1489 am
leschten tag augusti, lyt zu Rodis begraben.

Der dritte, der dieselben Züge trägt wie der zweite, in dunk-
ler Stahlrüstung mit Vergoldungen, die Hände über dem Schwert-
gurt gefaltet; vor ihm das Wappen. Unterschrift: Marxs von
anwyl ward vff den achten tag des monats July ano dm. 1489.
In bickharty erschlagen.

Der vierte, ein Jüngling mit scharfgeschnittenen Zügen und
dunklem Haare, jedenfalls die Kopie eines älteren Bildnisses,
trägt schwarze Sammtschaube mit braunem Pelzbesatz, rotes
Unterkleid, Goldkette und weisse Handschuhe und hält ein offenes
Buch. Rechts von ihm ist das Wappen. Unterschrift: Herr
byrckhart von anwyl starb ano dm. 1494 am 23. tag des monots
augusti lytt zu Rom vergraben.

Die fünfte ist eine Frau in mittleren Jahren, in braunem
goldgesticktem Kleide, dunkelrotem, schwarz- und goldgesticktem
Kragen, Brokathaube und Goldkette. Vor ihr das Wappen Dügenberg. Unterschrift: Anna von anwyl geporen von Dügenberg
starb ano dm. 1548 am 14. tag des monots septembris lytt hie
begraben.

Die Sechste in schwarzem pelzbesetztem, vorne verschnürtem
Kleide, weisser Haube und weissem Tuche, das vom Gesicht nur

Augen und Nase frei lässt, einen Rosenkranz durch die Finger
ziehend; rechts von ihr das Wappen Stain. Unterschrift: Barbara von anwyl geporn von stain starb vff den 26. tag des monots
dezembris ano dm. 1482. lytt hie begraben. Hinter den Knienden eine Brüstung mit vier rotbraunen Säulen dahinter glatter
Goldgrund. Auf der Brüstung drei Putten: der erste bläst in eine
Posaune an der das Spruchband: veni electa mea ponas in te
thronum meum (p. kaum mehr zu sehen). Der zweite misst mit
einem Zirkel eine Krystallkugel; der dritte trägt eine Posaune
über der Schulter und spielt mit einem Hasen.

Auf einer Tafel, die an der zweiten Säule von links lehnt:
Martinus Schaffner Vlmensis pingebat 1514 und das Monogramm
(letzteres schwer erkennbar).

Holz, 0,76 m. hoch, 1,80 m. breit, rechteckig. Kein Fragment.

Photograghie von F. Höfle. Holzschnitt bei Woltmann.

Bei Lübke, Woltmann, Janitschek.

Aus Unterschwandorf bei Nagold in die Altertümersammlung
gelangt.

11—14. *Gallerie in Schleissheim.*

11. A b s c h i e d C h r i s t i. Links ist Maria in die Arme
der Magdalena zusammengesunken, dahinter stehen zwei weinende
Frauen. Rechts steht Christus sich im Fortgehen zurückwendend
und segnend, hinter ihm die weggehenden Jünger, Hintergrund
Bäume und Felsen.

12. E i n z u g i n J e r u s a l e m. Christus reitet auf dem Esel
nach rechts, dem Stadtthor zu, aus dem zahlreiche Männer mit
Palmzweigen herauskommen und ihre Kleider ausbreiten. Links
die Jünger. Hintergrund die Stadtmauern.

13. C h r i s t u s i n d e r M i t t e von zahlreichen Schergen
umringt und ergriffen, wendet sich nach links zu dem am Boden
liegenden Knecht des Malchus. Links steht Petrus mit geschwun-
genem Schwert, rechts entfernt sich Judas mit dem Beutel. Nacht,
Fackelschein.

14. C h r i s t u s v o r K a i p h a s. Links sitzt Kaiphas auf er-
höhtem Throne, den einige Priester umgeben; von rechts wird

Christus gebunden, von einer Schaar Kriegern herbeigeschleppt. Sehr dunkel, schwer erkenntlich.

15—18: *Gallerie Augsburg. Nr. 66—69.*

15. **Abendmahl**: An einem rechteckigen Tische, dessen Schmalseite gegen den Beschauer steht, sitzen oben Christus, rechts und links die Jünger. An der vorderen Schmalseite ein leerer Stuhl. Judas steht vor Christus und empfängt den Bissen. Der grössere Teil des Bildes infolge des braunen Tones unkenntlich. Bezeichnet mit Monogramm auf einem Zettel am oberen Rande.

16. **Christus vor Pilatus.** Pilatus steht in einer Renaissance-Halle, Christus in Ketten, wird von einer Schaar von Kriegern herbeigeführt. Infolge des braunen Tones grössenteils unkenntlich.

Ungezeichnet, undatiert.

17. **Verleugnung Petri.** Links, in sehr dunklem Raume, in dem ein Feuer brennt, steht eine Frau, hinter ihr ein Mann, vor ihr hockt ein Bursche. Vor ihnen steht Petrus mit erhobenem Schwurfinger. Rechts sieht man zwischen zwei Säulen hindurch, wie Christus an einem Strick um den Hals einige Stufen herabgeführt und von Kriegern verhöhnt wird. Vielfach verdorben.

Auf einer Tafel an der rechten Säule:
Die Verspottung vor Annas 1515.

18. **Fusswaschung.** Christus mit vorgebundener Schürze kniet vor dem rechts an einer Säule sitzenden erstaunt die Hände hebenden Petrus und wäscht ihm in grossem Becken die Füsse. Dahinter gehen Jünger, welche sich paarweise unterhalten. Der zwölfte blickt links hinter einer Säule vor. Vor derselben kniet Probst Ulrich Hieber in der Mozetta, neben ihm ein Wappen (grünes Lindenblatt in Gold). Hintergrund Wand mit Fenster, links Ausblick auf eine Baumgruppe. Bezeichnet: 1515 und Monogramm auf einem Medaillon auf der rechten Säule.

11—18 aus dem Kloster Wettenhausen 1803 in bayerischem Staatsbesitz gelangt. Sämtlich Lindenholz, 1,15 m. hoch, 1,31 m. breit; rechteckig.

Nr. 17 und 18 von F. Höfle photographiert.

Erwähnt bei Brulliot, Lübke, Janitschek.

19. *Besserer-Kapelle, Ulmer Münster.*

Bildnis des Eitel Besserer. Der Dargestellte, ein älterer Mann mit grossem grauem Bart, etwas nach links, fast en face, trägt eine braune Pelzmütze und braune Pelzschaube, in den Händen ein ¡Rosenkranz mit silbernem Knopf. Grüner goldgemusterter Grund.

Holz, 0.43 m. hoch, 0,30 m. breit; rechteckig.

Bezeichnet am oberen Rande: Ano domi 1516 iar und Monogramm.

Restauriert von Eigner in Augsburg.

Photographiert von Berger in Ulm. Zinkographie bei Dr. Pfleiderer, Führer durch das Münster und in den Münsterblättern 1893.

Bei Brulliot, Grüneisen und Mauch, Woltmann Lübke, Janitschek.

20. *Altertümersammlung, Stuttgart.*

Auferstehung. Christus nur mit Hüfttuch und wehendem Purpurmantel bekleidet, in der linken die Kreuzesfahne, die Rechte zum Schwur erhoben, steht auf einem Stein vor dem versiegelten Steinsarge. Vorn drei schlafende Wächter, zwei in Lederwams, einer in Stahlrüstung; hinter dem Sarge ein erwachender Krieger in Stahlrüstung. Im Hintergrunde nähern sich auf einer Strasse drei heilige Frauen. Fern eine Burg, rechts Berge.

Datiert auf dem Sarge: 1516.

Holz, 1,38 m. hoch, 1,09 m. breit; rechteckig.

Restauriert durch Pflug in Biberach.

Photographiert von F. Höfle, Augsburg.

Bei Janitschek.

Aus der Sammlung Hassler, vgl. Nr. 6.

21—24. *Schloss Kinchberg* bei Hagnau, Antonius Legende.

21. Antonius in graubrauner Kutte, die linke Hand auf einem Buche, die rechte abwehrend erhoben, sitzt nach rechts gewandt unter einem Baume; von rechts nähert sich ihm eine Frau, in rotem Kleid, blau-rosa schillernden Aermeln, ihm eine graue Büchse bietend; vor ihr unter einem Korb eine grosse Kröte. In der Landschaft zwei Szenen aus der Legende.

Hintergrund Landschaft mit Stadt und Bergen. Oben wird Antonius von Engeln gen Himmel getragen und von Christus empfangen.

Bezeichnet links unten: 1517 und Monogramm.

22. In einer oben offenen Renaissance-Halle wird Antonius
der laut schreit, von einer rotgekleideten Frau mit Pferdefuss
nach rechts gezerrt; daneben zwei grüngekleidete Frauen und ein
Bett mit rotem Himmel. Mittelgrund: Vor einem Steinthor treten
Antonius die drei Frauen des Vordergrundes entgegen, von links
steigt eine Schaar Bettler die Treppe herauf. Hintergrund: die
rotgekleidete Frau führt Antonius an einen Fluss, in dem drei
nackte Frauen baden; dahinter Wald.

Bezeichnet links unten: 1517 und Monogramm.

23. Antonius, der schreit und eine Glocke läutet, wird
von einer Schaar gelb und rotschillernder Dämonen in die Luft
getragen. Ueber grauen Wolken die Halbfigur Christi im Purpurmantel und gelber Gloriole, darüber blauer Himmel.

Unbezeichnet.

24. Der Eremit Paulus, gleichfalls in graubrauner Kutte,
liegt sterbend am Boden, Antonius steht links vor ihm. Dahinter
scharren zwei Löwen das Grab. Im Hintergrunde links ein Tannenwald mit zwei Hirschen, in dem Paulus betet, rechts schreitet
Antonius aus einem Hohlweg hervor. Darüber ein Schneegebirge,
am Himmel weisse Wolken.

Bezeichnet mit Monogramm links unten.

21—24. Holz je 1,445 m. hoch, 0,55 m. breit, rechteckig.

Bei Brulliot, Grüneisen und Mauch; bei Krauss, Bad. Inv.
Bd. I. pag. 508 mit Datum 1507; bei Janitschek angezweifelt.

Zinkographie bei Kraus a. a. O.

Aus dem Kloster Salem (Baden) stammend.

25 und 26. *Karlsruhe, Kunsthalle Nr. 78 und 79.*

25. St. Petrus, Halbfigur nach rechts, in Alba und dunkelrotem golddurchwirktem Pluviale; die Rechte mit Buch und Schlüssel
auf eine graue Brüstung gelegt, die Linke sprechend erhoben.
Hintergrund, graue Wand und eine rote Säule, rechts weisser
Vorhang. Auf der Brüstung „**omnia nuba**", darunter 15 (—18
auf dem nächsten Bilde).

26. St. P a u l u s, Halbfigur nach links, in dunkelrotem Mantel
die Linke auf das Schwert gestützt, in der Rechten ein Buch, in
dem er liest, Umgebung wie bei 25, im Gegensinne. Auf der
Brüstung: „**oculiß cjuß**", darunter: 18.

Tannenholz, je 0,76 m. hoch, 0,57 m. breit, rechteckig.

Unbezeichnet, datiert 1518.

Für vorliegende Schrift photographiert.

Unbekannter Herkunft; aus der Sammlung Hirscher in die
Gallerie.

Bei Janitschek.

27 und 28. *Stuttgart, Altertümersammlung.*

27. C h r i s t u s i m N i m b u s, Christus im Purpurmantel, die
Kreuzfahne in der Linken, streckt die Rechte gegen das gebrochene Höllenthor aus, aus welchem Adam und Eva, gefolgt von
anderen nackten Männern, aufsteigen. Darüber eine rot- und gelb-
schillernde Teufelsfratze. Links von Christus Johannes der Täufer,
Moses und eine Anzahl nackter Männer und Frauen.

Datiert auf der Bogenwandung: 1519.

Restauriert von Pflug in Biberach.

28. G r a b l e g u n g. Am Fusse eines Felsens steht quer zur
Bildfläche ein Steinsarg, in den zwei ältere Männer den nackten,
auf einem Leintuch liegenden Leichnam Christi hinabsenken
Hinter dem Sarg Maria und Johannes, vorn kniet Magdalena,
Christi Hand küssend. Rechts zwei andere Frauen. Hintergrund
Hügel und Bäume. Ganz übermalt (von Eigner).

Ungezeichnet, datiert 1519 auf einem Steine vorne rechts.

27 und 28: Holz, je 1,38 m. hoch, 1,09 m. breit, rechteckig.

Photographiert von F. Höfle in Augsburg.

Aus der Deutschordenskirche in Ulm, vgl. Nr. 6.

Bei Janitschek (die Grablegung irrtümlich als „Geburt Christi"
bezeichnet).

29. *Wien, kunsthistorische Sammlung, Nr. 1488.*

Bildnis. Ein älterer bartloser Mann mit langem, braunem
Haar, halb nach links gewandt, in rotem, darüber grau gemustertem Rock, schwarzem Schafpelz und roter Mütze. Blauer
Grund. Von anderer Hand ein goldener Ringnimbus, Goldornamente und ein österreichisches Wappen.

Lindenholz, 0,41 m. hoch, 0,30 m. breit; rechteckig.
Herkunft unbekannt; seit 1781 im Belvedere in Wien.
Unbezeichnet, undatiert. Entstanden zwischen 1515 und 1519.
Von Dr. H. A. Schmid bestimmt.

III. Periode. 1520—1528.

30. *Ulm, Münster, Chor. Hochaltar.*

a) **Linker Flügel, Innenseite**: Die heilige Maria
Salomä in grünem Kleid mit gesticktem Bruststück, grauviolettem
Mantel, weisser Haube und Goldkette, sitzt halb nach rechts und
hält ein stehendes nacktes Kind, Johannes Evangelist, auf dem
Schosse. Rechts Jakobus major als Kind, in weissem Hemdchen,
in der Rechten eine Schreibtafel, die Linke nach der Mutter aus-
streckend. Dahinter lehnt über eine Brüstung Zebedäus, bartlos,
mit grauem Lockenhaar, in grauem Pelzrock, die Linke um eine
Säule geschlungen, mit der Rechten eine Frucht darbietend. Rechts
hinten Nebengemach mit Bett, links Ausblick in eine Landschaft
mit Burg durch ein Fenster, in dessen Lünette das Wappen der
Hutz, darunter: Anno salutis 1521.
Bezeichnet vorne rechts auf hellbrauner Truhe mit Monogramm und 1521.
Aussenseite: In grauer Halle (die sich auf dem rechten Flügel fortsetzt) Johannes der Täufer in Fellrock und weissem
Mantel, das Lamm auf einem Buche, und St. Erhard im bischöf-
lichen Ornate. Hintergrund Baumgruppe.

b) **Rechter Flügel: Innenseite**: Links sitzt Maria
Cleophä in rotem Kleide, blauem Mantel, weissem Tuche und
Haube, und reicht einem nackten Kinde, Jakobus minor, die
Brust. Auf dem Rocksaume Josefus Justus als nacktes Kind mit
einem Stieglitz. Rechts neben einer Säule Alphäus, bartloses
volles Gesicht, in grüner Schaube mit gelbem Pelzbesatz und hält
mit der linken Thaddäus als Kind, in offenem weissem Hemdchen, ein Steckenpferd reitend. Rechts von diesem steht Simon
als Kind in gelbem Kleidchen und streckt dem Vater eine
Schreibtafel entgegen. Links Ausblick auf eine Stadt mit einem
Fluss und ferne Berge.

Bezeichnet auf einer Tafel an der Säule: Anno domini MDXXI und Monogramm.

Rückseite: In grauer Halle St. Diepold im Bischofsornat und St. Barbara in rotem Kleid mit Goldschmuck, Kelch mit Hostie in der Hand. Hintergrund Bäume und ein rötliches Gebäude.

c) Staffel: An einer langen weissgedeckten, nur an der dem Beschauer gegenüber liegenden Seite besetzten Tafel sitzt in der Mitte Christus, die rechte Hand sprechend erhoben, die linke auf die Schulter Johannis gelegt, der seinen Kopf an Christi Brust lehnt. Rechts und links je eine Gruppe von je fünf Jüngern in lebhafter Unterredung. Hinter der linken Judas mit dem Beutel weggehend. Hintergrund durch ein von zwei Säulen geteiltes Fenster ein Ausblick auf einen Stadtplatz lombardischen Charakters.

Rückseite der Staffel: Vera icon, von fremder Hand, Kopie nach Zeitbloms Heerberger Altar (im Altertümer-Museum in Stuttgart).

Rückseite des Schreines: Jüngstes Gericht, Leimfarbe, fast völlig verdorben. Vermutlich Gesellenarbeit.

Holz: Flügel je 1,58 m. grösste Höhe, 0,76 m. breit, oben im halben Kleeblattbogen abgeschlossen; Staffel 0,62 m. hoch, 1,69 m. breit, rechteckig.

1521 für die Thurmhalle des Münsters gemalt, 1531 in eine Kammer der Bauhütte, 1787 in die Barfüsserkirche, 1808 in den Chor des Münsters.

Bei Brulliot, Grüneisen und Mauch, Woltmann, Lübke, Janitschek.

Restauriert von Professor Hauser in München.

Aeltere Photographie von Berger in Ulm; neu aufgenommen für vorliegende Schriften von F. Höfle in Augsburg.

31—34. *Alte Pinakothek München, Nr. 214—217.*

31. **Verkündigung.** Maria, die Arme über der Brust gekreuzt, kniet rechts vor einem Betpulte, den Kopf halb nach links geneigt; von links naht sich der Verkündigungsengel, zwischen zwei Säulen, das Knie beugend, die Rechte segnend ausgestreckt. Links oben Gott Vater in Wolken, darunter die Taube. Hintergrund: Rechts ein zweites Gemach mit einem Himmelbett, das ein Engel bereitet, links Baumgruppen und ein Haus, vor dem sich Maria und Elisabeth begrüssen.

Rückseite: Maria am Fusse eines grossen Baumes zusammensinkend, wird von einer Frau aufgefangen, dahinter zwei weinende Frauen, links Magdalena mit gerungenen Händen, Hintergrund eine Burg. Stark beschädigt. (Hälfte eines Abschiedes Christi ; andere Hälfte auf 34.)

32. Darstellung im Tempel. In einer Renaissance-Halle steht der Hohepriester, sich über das Christuskind auf seinem Arm beugend: Links kniet Maria in betender Stellung, hinter ihr Joseph und zwei Frauen, von denen eine zwei Tauben hält; rechts kniet die heilige Anna. Im Hintergrund etwas erhöht stehend ein Tisch mit der Bundeslade und zwei Kerzen, dabei mehrere Priester. Darüber eine Altane mit drei Leuten. Links Ausblick in eine Landschaft.

Auf der Brüstung der Altane: 1524.

33. Ausgiessung des Geistes. In einer von zwei Säulenreihen getragenen Halle kniet betend Maria, um sie her knien, sitzen und stehen die zwölf Apostel. Ueber ihnen schwebt die Taube. Rückwärts durch einen Thorbogen Ausblick auf eine Strasse, die von Menschen belebt ist und die burgartigen Häuser einer Stadt.

Bezeichnet mit Monogramm in der Lünette einer Thüre rechts.

34. Tod Mariä. In einer grauen Halle sinkt die kniende Maria zusammen, von zwei Aposteln gestützt. Links vorne kniet Petrus im Pluviale, ihr ein aufgeschlagenes Buch hinhaltend, rechts vier Apostel mit Buch, Kreuz, Weihwasser und Rauchfass; die übrigen weiter zurück. Im Hintergrund ein Himmelbett über das sich ein Apostel weinend beugt; dahinter Blick auf Bäume. Oben empfängt Christus die von Engeln getragene Seele Mariä.

Rückseite: Christus wendet sich segnend nach links, zu beiden Seiten je ein Apostel. Die anderen schicken sich an, einen felsigen Weg nach rechts hinaufzusteigen. Hintergrund: ein von hohen Bergen umschlossenes waldiges Thal.

Bezeichnet (Vorderseite) mit Monogramm in einem Medaillon an der Wand rechts.

31—34. Flügel eines Wandelaltares in Wettenhausen; seit 1803 im bayerischen Staatsbesitz.

Holz, 3 m. hoch, 1,58 m. breit ; oberer Abschluss ursprünglich im halben Eselsrücken, jetzt zum Rechteck ergänzt.
31—32 s t a r k r e s t a u r i e r t, teilweise ganz neu.
Bei Brulliot, Grüneisen und Mauch, Lübke, Woltmann, Janitschek.

Photographiert von Bruckmann; Holzschnitte von 31 bei
Lübke und Janitschek.

35 und 36. *Sakristei des Münsters, Ulm.*

35. H e i l i g e A n n a selbdritt. Die heilige Anna in dunkelgrünem Unterkleid, rotem Mantel und weissem Kopftuch, hält
das nackte Christuskind auf dem Arme. Rechts von ihr, in drei-
viertel ihrer Grösse, steht Maria in blauem Kleid und weissem
Mantel, und bietet dem Kind eine Frucht dar. Gemusterter
Goldgrund.

36. H e i l i g e E l i s a b e t h v o n T h ü r i n g e n, in rotem
Kleid, grünem Mantel, blauem Kragen, weissem Kopftuch, führt
einen Krüppel in weissem Hemd und blauer Hose an der Hand.
Gemusterter Goldgrund.

Holz, je 1,28 m. hoch, 0,58 m. breit, rechteckig.

Herkunft unbekannt.

Photographiert von Berger in Ulm.

37 und 38. *Germanisches Museum, Nürnberg, Nr. 191 und 192.*

37. D e r h e i l i g e P h i l i p p u s in rotem Unterkleid und
dunkelblauem Mantel, das Kreuz in der Hand, steht vor einer
roten, goldgemusterten Wand, auf der ein Engel in Grisaille sitzt.

38. D e r h e i l i g e J a k o b u s in dunkelrotem Unterkleid und
grünem Mantel, den Walkerbaum in der Hand, Beiwerk wie 37.

Holz, je 1,34 m. hoch, 0,50 m. breit, rechteckig.

Herkunft unbekannt; aus der Sammlung Felix in Leipzig.

Bei Janitschek.

IV. Periode. 1529—1535.

39. *München, Privatbesitz* (Professor Freiherr von Habermann).

Bildnis einer Schad. Die Dargestellte, eine Frau in mittleren
Jahren, nahezu en face, die Hände vor dem Leib ineinander ge-

legt, trägt ein grünes gemustertes Kleid, gelben Pelzkragen, und weisse Haube. Brauner Grund.

Datiert im Grund links oben: 1529. Unbezeichnet. Bei Grüneisen und Mauch; später nicht mehr erwähnt, von Schad'scher, später gräflich Leutrum'scher Familienbesitz.

40. *Schleissheim, Gallerie Nr. 113.* (Oberdeutsch um 1530.)

Der heilige Georg, in Goldrüstung auf einem Schimmel, mit gezogenem Schwert auf den vom Speer durchbohrten Drachen einsprengend. Rechts die betende Jungfrau mit einem Lamm. Links in Bäumen eine Burg, auf deren Altane das Elternpaar. Hintergrund hohe Berge. Holz, 1,31 m. hoch, 1,16 m. breit; rechteckig.

Angeblich aus Wettenhausen, seit 1803 bayerischer Staatsbesitz.

Bestimmung (als eigenhändig) von Dr. W. Schmidt. Werkstattarbeit.

42. *Ulm, Münster, Sakristei.*

Bildnis eines 43-jährigen (Kloch gen. von Offingen und Risegg?). Ein Mann mit blondem Vollbart, Dreiviertelprofil nach rechts; er trägt ein schwarzes Barett mit Goldknebeln, schwarze Schaube und Unterkleid, über dem weissen Hemd eine Goldkette. Die Hände liegen auf einer grauen Brüstung. Hintergrund Landschaft. Rückseite: Ein von einem Knaben gehaltenes Wappen, das in Feld 1 und 4 einen Balken mit 3 Kugeln (Farben unkenntlich) in schwarzem Feld, in Feld 2 und 3 den goldenen Fisch in rotem Felde (letzteres das Wappen der Kloch) zeigt. Darunter:

> Dies min recht conterfait gestalt
> Zeigt mich vierzig ü. drew iar alt,
> so mich got hat lassen leben,
> mir vormals ain hausfraw gegeben
> die zehen kind by mir geporn
> sie und der kind sechs hab verlarn
> jetzt mich zuo ainer ander gfiegt
> der trew und lieb mich wol benigt.
> 1530.
> Vf sibenzehen ovgsten es geschah.

Unbezeichnet.

Holz, 0,32 m. hoch, 9,285 m. breit; rechteckig.

Als Ehinger'sche Stiftung in die Sakristi gekommen. Bei Janitschek.

42. Kloster Wettenhausen.

Stiftung des Klosters. Rechts sitzt Madonna, das Christkind auf dem Schoss, dahinter halten zwei Engel einen Teppich, darüber drei Engel mit der Krone. Links kniet Gertrut von Roggenstein, das Kirchenmodell darbietend, das ein Putto trägt. Links von ihr die zwei Grafen von Roggenstein, der vordere im Gebet knieend, der hintere stehend mit ausgebreiteten Armen. Ganz vorne Probst Georg Theg als Stifter. Hintergrund Burg und Gebirge. Gemalter Rahmen: auf zwei roten Säulen ein Architrav und Bogen. In der Lünette die Wappen des Klosters und des Stifters.

Original. (Fresko im Chor der Klosterkirche Wettenhausen) zerstört.

Copie von 1673 im Kloster verwahrt.

Leinwand, 1,15 m. hoch, 1,19 m. breit; rechteckig.

Bezeichnet: rechts Monogramm Schaffner's zwischen 15—32; links Monogramm des unbekannten Kopisten und 1673; beides auf den Basen der Säulen.

Bei Brulliot; Archiv für christliche Kunst, Jahrgang 1893, pag. 35 ff. (Dr. Schröder).

43. Kassel, Gallerie, Kabinet der Altdeutschen.

Tischplatte. 1. Seite: Links ein älterer bartloser Mann in rotem Talare, sitzt lesend an einem gelben Pulte; neben ihm ein Globus, unter dem Pulte Bücher, zu seinen Füssen ein weisses Hündchen. Beischrift: Ptolemäus (im Verse Hinweis auf Siebenzahl der Farben, Künste, Zeichen, Metalle, Tage, Tugenden). Rechts: Eine betende Frau in gelbem Kleide und offenen Haaren, vor ihr ein Goldbecher und Goldketten. Beischrift: Sol (im Verse: Gelb, Grammatik, Sonntag, Gold, Hoffnung). Hintergrund Landschaft mit zwei Bäumen, in der Mitte eine Burg, rechts pflügende Bauern.

2. Seite: Links eine sitzende Frau in weissem Kleide und blauem Kragen, in der Rechten ein Kruzifix, in der Linken eine Urkunde mit Siegeln; vor ihr ein Tisch mit Silberbechern. Beischrift: Luna (Weiss, Rhetorik, Silber, Montag, Glaube). Rechts eine Frau in rotem ausgeschnittenem Kleid und Goldketten, auf einem Lehnstuhl sitzend, und auf eine Rechentafel zeigend. Vor ihr eine gebrochene Säule und ein Löwe. Beischrift: Mars (Rot, Arithmetik, Kupfer, „Ziesstag", Stärke). Hintergrund: Wälder und hohe Berge, links zwei Burgen, rechts eine Hirschhatz.

3. Seite: Links eine sitzende Frau in dunkelrotem Kleide und grauviolettem Mantel mit Goldkrone, ein nacktes Kind an der Brust. Ein zweites nacktes Kind sitzt auf ihrem Rocksaume und hält eine Tafel empor, auf der in Kursivschrift steht. A b c . . . bis z) und Asmus Stedelin. Rechts von ihr eine Schale mit Pinseln, davor ein offenes Buch mit Inschrift: Logica MDXXXIII. Beischrift: Mercurius (Grau, Logik, Quecksilber, Mittwoch, Liebe). Rechts: Ein Mädchen in blauem Kleide, rotem Mieder und Goldkette sitzt an einem mit geometrischen Figuren bedeckten Tische und misst mit dem Zirkel auf einem Massstabe. Zu Füssen Zinngeräte, Schwert und Wage. Beischrift: Jupiter (Blau, Geometrie, Donnerstag, Zinn, Gerechtigkeit). Hintergrund: Zwischen Wiesen und Wäldern eine Burg mit Kapelle auf steilen Felsen.

4. Seite: Links eine sitzende Frau in grünem Kleide und rotem Kragen, die aus einem Metallkrug in einen Becher giesst. Vor ihr eine Harfe, eine Guitarre und ein Notenheft. Beischrift: Venus (Grün, Musik, Freitag, Blei, Willigkeit). Rechts: Eine sitzende Frau in schwarzem Kleide, in der Rechten eine Schlange, in der Linken einen Spiegel. Vor ihr ein Planetarium und zwei Sporen. Beischrift: Saturnus (Schwarz, Astronomie, „Sambstag", „Eysin", Fürsichtigkeit). Hintergrund: Hinter alten Bäumen steile felsige Berge, an deren Fuss eine Mühle und eine Schmiede.

In der Mitte auf blauem Grunde eine gelbe Sonne, um sie herum ein Stern und die sieben Planetenzeichen, dem Ptolemäus und den sieben Frauen entsprechend.

Ungezeichnet, datiert 1533.

Unbekannter Herkunft, seit Mitte vorigen Jahrhunderts in kurfürstlich hessischem Besitz.

Photographiert von Nöring in Lübeck.
Bestimmung von Dr. H. A. Schmid. (In der Gallerie von
A. Stedelin.)

44. *München, Privatbesitz (Geheimrat Dr. v. Hefner-Alteneck.)*

Epitaph des Sebastian Willing. Links kniet Sebastian Willing
mit sieben Söhnen, nach rechts gewendet, rechts seine Frau mit
fünf Töchtern, nach links gewendet. Die Verstorbenen halten
Totenschädel. Rechts und links rote Säulen, dahinter eine graue
Wand; durch ein Fenster Ausblick auf eine Abendlandschaft, in
der eine Burg von Wasser umgeben (Weiherhaus) und ferne
Berge; gelber Himmel mit roten Wolken. Oben in grauen Wolken Christus im Purpurmantel mit dem Kreuz in gelber Gloriole
um ihn Engel in gelb mit den Marterwerkzeugen. Darunter Inschrift: „Kommend här zu mir alle die mueselig und beladen sind
ich wil euch erquickhen. Matth. XI. dan mir ist aller gwalt gegeben
In Himel und uff erden".

Auf dem Originalrahmen: „Anno domini MDXXXII off sant
Endries des heiligen zwelff botten der da was der XXIX tag des
wintermoets starb der from thuir man Sebastian weilling vo
stugarn so vil iar by der herschafft wirteperg ein regent und
diener gewest ist des seel got gnedig syge".

Bezeichnet mit Monogramm und 1535 auf einem Zettel an
der Säule links.

Vom Antiquar Munk Mitte des Jahrhunderts bei einem Bauern bei Ulm aufgefunden.

———

B. Plastik.

1. *Augsburg, Dom, Chorumgang.* Mittelschrein des Schaffner-
Altares.

Tod und Krönung Mariä. Im unteren breiteren Teile des
Schreines kniet Maria, halb nach rechts gewendet, rechts Johannes
ihr zusprechend, links Petrus mit dem Weihwasserkessel. Hinter
ihr fünf stehende Apostel, rechts zwei kniende mit dem Rauch-

fass und ein sitzender, welcher liest, links zwei sitzende Apostel mit einem Buche. Im oberen (schmalen) Teile Maria auf Wolken kniend, rechts Gott Vater, links Christus, beide die Krone haltend, darüber die Taube.

Werkstattarbeit. Vgl. Malerei Nr. 8.

2. *Wettenhausen, Pfarrkirche*, rechte Wand des Schiffes.

„Rosenkranzaltar". Maria kniet in betender Stellung, über ihr tragen zwei Putten die Krone. Rechts sitzt Gott Vater, links Christus, beide erheben segnend die Rechte. Ueber der Krone schwebt der heilige Geist. Am vorderen Rande vier Putten. Hintergrund: Ueber einer Brüstung drei Reihen kleiner Halbfiguren übereinander in Relief: Unten männliche, in der Mitte weibliche Heilige, oben Engel, Maria, Gott Vater und Christus lebensgross.

Fassung völlig modern.

Nach 1510.

Werkstatt-Arbeit (nach Schaffners Entwurf von dem Meister des Ulmer Hochaltares).

Vgl. Archiv für christliche Kunst, 1893, pag. 35 ff. (Archivar Dr. Schröder).

3. *Wettenhausen, St. Georgskapelle, im Klosterhof*, über der Thüre.

Heilige Anna selbdritt. Heilige Anna stehend in goldenem Kleid und graugrünem Kopftuch hält das nackte Christuskind auf dem rechten Arme, und legt die linke Hand auf die Schulter der Maria, die in halber Grösse links von ihr steht. Halblebensgross. Die Maria stark verdorben.

Vermutlich eigenhändig.

Noch unbeschrieben.

1. WERKSTATT JÖRG STOCKERS (UNTER MITWIRKUNG SCHAFFNERS).
KREUZSCHLEPPUNG, LINKE HÄLFTE. SIGMARINGEN, MUSEUM.

2. WERKSTATT JÖRG STOCKERS.
KREUZSCHLEPPUNG, RECHTE HÄLFTE. SIGMARINGEN, MUSEUM.

3. MARTIN SCHAFFNER. ST. PETRUS. KUNSTHALLE, KARLSRUHE.

4. MARTIN SCHAFFNER.

HL. MARIA SALOME. ULM, MÜNSTER, HOCHALTAR.

5. MARTIN SCHAFFNER.

HL. MARIA CLEOPHÄ. ULM, MÜNSTER, HOCHALTAR.

6. MARTIN SCHAFFNER. ABENDMAHL. ULM, MÜNSTER. HOCHALTAR.

7. MARTIN SCHAFFNER.
BILDNIS EINES 43JÄHRIGEN MANNES (HERR V. KLOCH, OFFINGEN?)
ULM, MÜNSTER SAKRISTEI.

8. MARTIN SCHAFFNER.

EPITAPH DES SEBASTIAN WILLING. MÜNCHEN, BEI GEHEIMRAT V. HEFNER-ALTENECK.

9. MARTIN SCHAFFNER, WERKSTATT.
TOD MARIÄ, SCHNITZEREI. AUGSBURG, DOM. CHORUMGANG.

10. JÖRG STOCKER.
ANBETUNG DER KÖNIGE. AUGSBURG, DOM. HAUPTSCHIFF.

11. JÖRG STOCKER.
TEIL DES EPITAPH DES HEINRICH NEYTHARDT. ULM, MÜNSTER. NEYTHARDT-KAPELLE.

9. HEFT:

Eine Thüringisch-Sächsische Malerschule des XIII. Jahrhunderts. Von Arthur Haseloff. Mit 112 Abbildungen in Lichtdruck. ℳ 15. —

10. HEFT:

Die Bamberger Domsculpturen. Ein Beitrag zur Geschichte der deutschen Plastik des XIII. Jahrhunderts. Von Artur Weese. Mit 33 Autotypieen. ℳ 6. —

11. HEFT:

Ueber den Humor bei den deutschen Kupferstechern und Holzschnittkünstlern des XVI. Jahrhunderts. Von Dr. Reinhold Freiherr von Lichtenberg. Mit 17 Tafeln. ℳ 3.50

12. HEFT:

Studien zur Elfenbeinplastik der Barockzeit. Von Dr. Chr. Scherer. Mit 16 Abbildungen im Text und 10 Tafeln. ℳ 8. —

13. HEFT:

Tobias Stimmers Malereien an der Astronomischen Münsteruhr zu Strassburg. Von A. Stolberg. Mit 3 Netzätzungen im Text und 5 Kupferlichtdrucken in Mappe.
ℳ 4. —

14. HEFT:

Die mittelalterlichen Grabdenkmäler mit figürlichen Darstellungen in den Neckargegenden von Heidelberg bis Heilbronn. Aufgenommen und beschrieben von Dr. Hermann Schweitzer. Mit 21 Autotypieen und 6 Lichtdrucktafeln.
ℳ 4. —

15. HEFT:

Zur Geschichte der oberdeutschen Miniaturmalerei im XVI. Jahrhundert. Von Hans von der Gabelentz. Mit 12 Lichtdrucktafeln. ℳ 4. —

Die Studien zur Deutschen Kunstgeschichte erscheinen in zwanglosen Heften. Jedes Heft ist einzeln käuflich.

Die Anfänge

des

Monumentalen Stiles im Mittelalter.

Eine Untersuchung über die erste Blütezeit französischer Plastik

von

Dr. Wilhelm Vöge.

Mit 58 Abbildungen und 1 Lichtdrucktafel.

8°. Preis M. 14.—